HAYMON taschenbuch **188**

Mein besonderer Dank gilt dem Land Tirol und Kulturlandesrätin Dr. Beate Palfrader für die kostbare Zeit als Stipendiatin im Künstlerhaus der Republik Österreich in Paliano bei Rom.

FSC www.fsc.org
MIX
Papier aus verantwortungsvollen Quellen
FSC® C083411

Auflage:
4 3 2 1
2020 2019 2018 2017

HAYMON tb **188**

Originalausgabe

www.haymonverlag.at

ISBN 978-3-7099-7808-5

Umschlag- und Buchgestaltung nach Entwürfen von hœretzeder grafische gestaltung, Scheffau/Tirol
Umschlag: Eisele Grafik · Design, München
Umschlagabbildungen: KHM-Museumsverband (Kaiserin Sisi), Tiroler Landesmuseum Ferdinandeum (Hintergrund)
Satz: Da-TeX Gerd Blumenstein, Leipzig
Autorenfoto: Wolfgang Lackner

Gedruckt auf umweltfreundlichem,
chlor- und säurefrei gebleichtem Papier.

Jeannine Meighörner

Das fliehende Herz

Sisis Schicksalstage in Tirol
Ein historischer Roman

Jeannine Meighörner

Das fliehende Herz

Für Rosemarie und Ornella, die uns alle verzauberten.

„Es gibt keine bösen Menschen – nur unglückliche.“

Felix Mitterer

I.

Innsbruck, 15. Juni 1848, im Adeligen Damenstift vor dem Morgengrauen

Noch schläft die Stadt, noch sind die Augen der Häuser geschlossen.

Moment! Dort huscht eine Gestalt durch ein Stiegenhaus – blind für die Ornamentik des Geländers, die Beschwingtheit des Treppenstocks. Die Kapuze eines Capes verhüllt das Gesicht und das Wesen setzt seine Schritte in die Dunkelheit. Erstaunlich trittsicher, eigentlich ...

Vor den Mauern des herrschaftlichen Gebäudes gerät nichts weniger als die Welt aus den Fugen. Nur gut, dass diese Mauern dick sind. Was stört sie eine Zeitenwende, was stört sie all die Unordnung draußen in der Welt? Und bitte, was soll das sein: eine Revolution?

Zudem ist das Schattenwesen – und dies sehr leidenschaftlich – in sein eigenes kleines Ungemach verstrickt. So ist es nun einmal bei uns Menschen.

„Ich bin verflucht! Da schläft selbst der Hahn noch, und ich soll den Teufel suchen? Der frühe Vogel fängt vielleicht den Wurm, aber niemals den Teufel! Der Teufel soll zum Teufel gehen", schimpft es unter der Kapuze.

„Halt! Wer da? Zeig dein Gesicht!", tönt es aus dem Foyer. Es gleicht einem See aus nachtblauer Tinte, und diese Donnerstimme gehört bestimmt dem Meister der Dunkelheit.

Die verhüllte Gestalt zuckt zusammen. Stiefelschritte pochen auf Steinstufen, ein Docht glimmt auf, in seinem Schein blitzt eine Klinge metallisch. Sie ist auf unsere Gestalt gerichtet.

„Willst du mich abstechen? Abstechen wie eine Sau?“, kreischt es unter der Kapuze. Sie wird heruntergerissen, das Licht einer Laterne erhellt schreckgeweitete Augen.

Es ist das Gesicht eines Mädchens.

„Ha! Schau an, die Pauline schleicht wieder durch die Nacht! Ja, ja, die Katz lässt das Mausen nicht.“ Die männliche Stimme ist voll vom Triumph der geglückten Überraschung, und doch schwingt in ihr ein erheiterter Singsang. Der Wächter trägt einen rötlichen Bart, er reicht ihm bis auf die Brust, im Lichtkegel der Laterne flackert er wie ein brennender Dornbusch. Ein dunkler Umhang und ein gefilzter Schlapphut verraten jedoch, dass diese eindrückliche Erscheinung lieber ungesehen die Nacht durchstreift.

„Schleich dich, du Glühwurm! Fang lieber Räuber, als Frauenzimmer zu erschrecken!“, zetert das Mädchen selbstbewusst und will sich an dem kolossalen Kerl vorbeidrängen. Der richtet energisch den Spieß seiner Hellebarde auf sie.

„Pauline mit dem Schandmaul. Nachtschwärmen ist dir verboten. Ich bin hier der Nachtwächter!“

„Ach Sepp, du Depp. Ein Auftrag jagt mich aus dem Bett“, widerspricht das Mädchen und winkt ab.

„Bist wieder einmal im falschen gelegen? Wir Nachtwächter kennen eure Geheimnisse. Wir lesen die Dunkelheit, spüren jeden Hauch, erschnuppern jeden Duft. Eure Schatten sind unsere Verbündeten. Wir kennen die Taten der Sünder, ja, selbst die Sehnsüchte der Aufrechten ...“

„Bei dir steht nichts mehr aufrecht“, unterbricht Pauline. „Und einen Dreck weißt du. Ich suche den Teufel!“

„Pauline, mir graust vor dir!“ Sepp leuchtet mit seiner Laterne erneut in das schmale Gesicht.

„Dir graust es? Vor mir? Schau ...“ Sie gurrt plötzlich und löst ihre hochgesteckten blonden Zöpfe, sie sinken ihr auf die Brust. Dann öffnet sie ihr Cape, reckt ihr Dekolletee in die Richtung des Betrachters, stemmt die Fäuste in ihre Taille und lässt die Hüften kreisen, als sei die graue Tracht der Dienstboten ein Tanzkleid.

Als wäre dies noch nicht genug, um einen Mann zu verwirren, singt sie mit leiser Stimme.

„Ein Mädchen oder Weibchen wünscht Papageno sich!
O so ein sanftes Täubchen wär' Seligkeit für mich!“

„Ein Täubchen? Ha! Die ist ein Habicht“, murmelt Sepp. Dann lehnt er seine Hellebarde an das Geländer und platziert die Laterne auf einem Treppenabsatz – und zwar genau so, dass der Lichtkegel Paulines entblößte Knöchel und Waden beleuchtet. Versonnen zupft er an seinem Bart, während sie weiter Tanzschritte andeutet – begleitet vom Lied des Papageno aus ihrem Mund.

„Dann schmeckte mir Trinken und Essen,
dann könnt' ich mit Fürsten mich messen,
des Lebens als Weiser mich freu'n,
und wie im Elysium sein ...“

Plötzlich strauchelt sie und rudert wirr mit den Armen. Sepp fängt sie auf, einen Sturz in die Tiefe vermeidend.

„Mir's schwindelig, 's is noch zu früh“, japst sie.

„Ich kann dir den Vogelhändler machen“, säuselt Sepp und hält die Gerettete in seinen Armen.

„Du rotbärtiger Saufkopf? Bäääh!“ Angewidert verzieht sie den Mund, verpasst Sepp mit dem Ellenbogen einen Knuff und entwindet sich seiner Umarmung.

Der Traktierte fasst sich stöhnend an die Rippen. Nächte ohne Schlaf, die Kälte der Berge und wärmender Schnaps benagen seine Statur. Doch wenn er die Sterne erblickt, die nur im Gebirge so rein und so zahlreich aufblitzen, und beobachtet, wie das Morgenrot die Spitzen der Nordkette und die der Serles vergoldet, dann erscheint ihm sein schweres Amt als das schönste auf der Welt.

Doch nun hält er Pauline eine Faust vors Gesicht. Vor ihrer Nase – eine entzückende Stupsnase, die sie gerne rümpft und in fremde Angelegenheiten steckt – schwebt eine riesige, geballte Männerhand.

„Riech mal daran!“ So von unten beleuchtet gerät die Szene zum Kriminalstück.

„Igitt, mir reicht's, deinen Atem zu riechen. Und dein Bart stinkt nach Ziegenbock. Ein Bock, der Branntwein säuft“, ächzt sie und deutet ein Würgen an.

„Dass eine wie du so dreist ist! So eine Dahergelaufene aus dem Schmirntal. Gott sei Dank hat der Schöpfer dich hübsch gemacht. Sonst ...“

„Sonst was?“, zischt Pauline angriffslustig.

„Sonst würd dich der Teufel holen, du Berghexe.“

„Dummer Ziegenbock, ich suche den Teufel! Ich!“

„Lüg nicht, du kommst von einem Mannsbild. Soll dich der Ziegenbock untersuchen? Ich darf alles Verdächtige untersuchen – auch Frauenzimmer. Ha!“

Sepp zieht an einem von Paulines Zöpfen, wenn auch eher sanft und zum Spaß. Sie wiederum tritt ihm ohne Sanftmut auf die Zehen. Er heult auf und lässt von ihr ab.

„Du Tollpatsch, geh heim zu deiner Frau!“, muss er sich anhören, dabei stolpert er über den Holzschaft seiner Hellebarde. Unter lautem Gepolter rutscht sie die Steinstufen hinab.

„Sauvolk! Gleich rufe ich die Wache!“, kreischt eine Frauenstimme aus dem Obergeschoß. Und dann: „Pauline, bist du das?“

Sepp packt die Gescholtene am Handgelenk und zerrt sie hinab in das dunkle Foyer, dort schiebt er sie unter den Treppenstock. Dann schleicht er auf Zehenspitzen die Stufen wieder hinauf und löscht das Licht. Er, der gelernt hat, die Dunkelheit zu lesen, bringt die Laterne in das Versteck zu einer verstörten Pauline.

„Nun ist auch die alte Meindl wach, die Kammerzofe. Sepp, du musst mir helfen!“, jammert sie.

Er entzündet die Laterne auf kleiner Flamme. „Sonst was?“, brummt er, während er mit dem Docht hantiert.

„Sonst schickt sie mich heim zur Mutter. So hoch am Berg hockt die Not mit am Tisch. Acht Geschwister hab ich, und bei jedem Besuch greint ein neuer Fresser in der engen Stube. Die Meindl schert das nicht, sie ist eine G’stopfte aus der Stadt. Du weißt ja, wie hochnäsig manche Innsbrucker tun. Für die sind wir Schmeißfliegen vom Land.“

„Schickt dich nicht die Meindl nach dem Teufel?“

Pauline schüttelt den Kopf.

„Dabei hockt der Beelzebub doch bei der Giftspritz’n unterm Rock!“, kichert Sepp. „Sag schon, wer hat dir den Auftrag gegeben?“ Er packt Pauline am Arm.

„Ein Kind“, sagt sie kleinlaut.

„Du lässt dir von einem Kind befehlen? Du Berghexe mit Haaren auf den Zähnen?“ Sepp wird laut.

„Pscht!“ Pauline legt einen Finger auf ihre Lippen. „Das Kind ist eine Herzogin, und sie war hysterisch“, flüstert sie.

„Wieso wohnt die nicht in der Hofburg, sondern nächtigt im Damenstift?“

„Für die Hofburg sind diese Leute nicht fein genug.“

„Und so eine jagt dich herum?“

„Lieber Sepp, ein guter Nachtwächter wie du, der findet doch auch Teufel?“ Pauline schmiegt sich an Sepps breite Brust, wendet dabei jedoch den Kopf ab und hält sich mit zwei Fingern einer Hand die Nase zu.

„Falsche Schlange du, den Leibhaftigen suche ich nicht.“ Sepp schubst Pauline von sich und bekreuzigt sich.

„Wir suchen ja eine Teufelin.“

„Eine Teufelin? Hat der Teufel ein Weib? Wohl, wohl ... es ist die Meinige!“ Er bekreuzigt sich erneut.

„Hör mir zu, ein Weibsstück suche ich. Die jüngste dieser Herzoginnen aus München“, räumt sie ein.

„Münchner Teufelsbrut? Bayern? Die muss man vom Berg stoßen! Frag den Hofer!“

„Herrje, lass mich mit dem Hofer in Ruh. Lass den besser in seiner Marmorgruft“, stöhnt Pauline.

„Die Teufelsbrut fürchtet sich eh und kriecht bald weinend zurück ins Bett. So sind sie, die Bayern“, knurrt er.

„Sepp, das ist kein gewöhnliches Mädchen. Es ist erst im elften Jahr, heckt aber wilde Streiche aus. Bubenstreiche. Stell dir vor, sie hat mir eine tote Eidechse ins Schnäuztuch getan. Mit ist fast das Herz stehengeblieben, wie ich mich geschnäuzt hab. Und ihre Füße hält sie nicht still. Ein Gerenne und Gepolter ist das! Und daherreden tut die wie ein bayrischer Bierkutscher! Dabei nuschelt sie auch noch."

Pauline wirft beschwörend die Arme in die Luft. „Hat dieses Volk keine Erziehung?"

„Frag halt den Hofer!", raunzt Sepp.

„Du und dein Hofer, papperlapapp! Weißt du nichts Gescheites?"

„Deine Herrschaft war ja auch nicht gescheit, als sie die Teufelsbrut ins Damenstift gebracht hat. Gerade dort, wo diese steinalten Weiber ..."

Pauline versetzt Sepp einen Knuff.

„... Damen", korrigiert er sich, „wie Porzellanpuppen herumhocken oder Schläfchen machen. Mitten im Gebet schlafen sie ein ..."

„Gott sei Dank hören die meisten Damen schlecht", unterbricht Pauline. „Denn dieses wilde Kind hat etwas Unglaubliches gesagt. So etwas darf eine Dame nicht einmal denken!" Pauline zieht ihre graue Stoffschürze vors Gesicht.

Sepp zuckt mit den Schultern. „Mir kannst du's verraten."

Pauline jedoch verharrt schweigend in ihrer Pose.

„Ich lach auch nie mehr über das Schmirntal", sagt Sepp plötzlich zuckersüß, tritt dabei jedoch ungeduldig von einem Fuß auf den anderen.

„Du kommst ja selbst nur aus der Koatlackn. Aus der schmutzigsten Stelle des Inn hat man dich gezogen. Aus dem Dreckwasser!" Pauline lässt die Schürze sinken und streckt Sepp die Zunge heraus.

„Immer noch besser als ...", murmelt Sepp.

Pauline verhüllt erneut ihr Gesicht.

Er besinnt sich und sinkt auf die Knie – seinen Kopf an ihren Schoß pressend. Als sie abrupt zurücktritt, strauchelt er und kippt mit dem Oberkörper vornüber.

„Prinzessin Pauline, geboren im Atem des ewigen Schnees. Was hat die Bayrische gesagt?“, ächzt er auf seine Ellbogen gestützt.

„Wer sagt, nur Weiber seien neugierig, der kennt dich nicht.“ Sie stellt Sepp einen Fuß auf den Rücken.

„Kruzifix, ich bin Nachtwächter! Muss alles sehen, alles hören, alles wissen. Von bayrischem Gesindel sowieso.“ Sepp beherrscht sich nur mit Not. „Werte Schneeprinzessin Pauline, biiiitte!“

„Versprich mir, mich in Ruhe zu lassen, wenn ich nachts umherschweife.“

„Umherschweife? Bist du ein Nachtfalter? Mit Burschen triffst du dich!“

„Mit einem feinen Herrn“, gibt Pauline kokett zurück.

„Unterschätze keinen Nachtwächter. Mich dumm stellen, das fällt mir leicht.“

„Das merkt man.“ Sie tritt nach Sepp, der sich aufrappelt.

„Hüte dich, sonst verrat ich dich. Deine Kavaliere umfassen eine ganze Kompanie! Und Kammerzofen lieben Beichten. Selbst die Porzellanpuppen im Damenstift lieben sündige Geschichten, auch wenn sie davon in Ohnmacht fallen – nur so zum Schein.“ Sepp steht wieder auf zwei Beinen und reibt sich verschwörerisch die Hände.

Pauline stampft zornig mit einem Fuß. „Na gut, du neugieriger Bock“, schnaubt sie. „Das bayrische Kind sagt, es möchte im Zirkus auftreten!“

„Im Zirkus?“ Sepp beißt sich in den Handrücken – ein Lachen unterdrückend.

„Wo es im Zirkus nur schamlose Weiber gibt! Amüsierweiber. Dann behauptet die Bayrische noch, ihr Vater träte im Zirkus auf. Seinem eigenen Zirkus!“

„Maria und Jesus! Solche Leute sind niemals von Adel!“, entfährt es Sepp.

„Diese Bayrische sieht auch anders aus. Hat dunkle Augen und einen Zopf, lang und dick wie der Schweif eines Rappen.“ Pauline schmiegt sich an Sepp. „Sicher Zigeuner“, flüstert sie.

„Alle Bayern sind Zigeuner! Frag den Hofer“, juchzt er.

„Es ist auch nichts Schönes in ihrem runden Gesicht. Die ältere Schwester ist hübsch und blond. Das ist die, die mich jetzt herumjagt, weil die Jüngere aus der gemeinsamen Schlafstube verschwunden ist“, ergänzt Pauline.

„Vielleicht hat ja ein Kuckuck dieses Ei ins Nest gelegt?“ Erneut reibt Sepp sich die Hände. „Und als was, bitte schön, will die im Zirkus auftreten?“, gluckst er noch.

„Zirkusreiter möchte sie werden ...“

„Ein Weib? Niemals!“

„Nun, sie kann auf einem Pferd stehen – auf einem Pony im Galopp. Und sie kann mit nach rückwärts gewandtem Körper galoppieren. Und so verkehrt herum springt sie über Hindernisse.“ Pauline klingt über ihre eigenen Worte erstaunt.

„Hast du's gesehen?“

Sie schüttelt den Kopf. „Eine bayrische Zofe bezeugt es. Jene, die die Pferdehaare des Kindes bändigen muss. Sie sagt, der Vater des Mädchens lehrt sie die Kunststücke. Und es kommt noch schlimmer!“ Pauline schraubt ihre Stimmlage ins Theatralische.

Sepp beißt sich wieder in den Handrücken.

„Die Zofe sagt auch, er geht als Spielmann verkleidet zu Jahrmärkten. Er singt, spielt Zither, und sein Zirkuskind tanzt dazu. Tanzt mit wehenden Haaren und sammelt Geldstücke, die Bauernburschen ihr zuwerfen. Wenn das keine Zigeuner sind, dann heiße ich Frau Hanswurst!“ Ihre Worte bekräftigend verdreht Pauline die Augen.

„Frau Hanswurst, habe die Ehre!“ Sepp zieht seinen Hut.

„Du bist noch dümmer, als ich gedacht hab“, schimpft Pauline und will ihm den Hut entreißen. Er hält ihn mit ausgestrecktem Arm hoch in die Luft. Sie bekommt ihn nicht zu fassen, obwohl sie auf Zehenspitzen herumhüpft und ihren Unmut in Flüchen kundtut.

„Uh! Diese Bayern erregen dich? Erregung muss so schlecht ja nicht sein“, lacht Sepp. „Was schert dich die Zirkusbrut überhaupt? Die reisen eh bald ab, so sagte man es uns Wachen.“

„Aber, aber ... es kommt noch schlimmer“, schnauft Pauline. Im Laternenschein leuchten ihre Wangen stark gerötet.

„Schlimmer als eine blutjunge Zigeunerin, die im Zirkus auftritt und behauptet, eine Herzogin zu sein?“ Sepp pfeift durch die Zähne.

„Ja, stell dir vor, die soll heiraten! Einen der Unsrigen!“, japst Pauline und beendet ihre glücklose Jagd nach Sepps Hut.

„Einen Unsrigen? Juche! Ich bewerbe mich. Frau Hanswurst, ich halte um die Hand der jungen Zigeunerin an. Legen Sie ein gutes Wort für mich ein!“ Sepp wedelt mit seinem Schlapphut und verneigt sich, als mache er der Luft einen Antrag.

„Sepp, du Depp. Ich habe gelauscht. Sie wollen sie und ihre Schwester den Wiener Prinzen anhängen. Die Wiener bleiben ja länger auf Sommerfrische in unserer guten Bergluft."

„Sommerfrische? Dass ich nicht lache!" Sepp schlägt mit dem Hut auf seine Brust. Staub wirbelt auf, Pauline muss niesen.

„Eine feine Sommerfrische ist das. Du Hascherl aus dem Schmirntal liest keine Gazetten?"

Sie schüttelt den Kopf und schiebt schmollend ihre Unterlippe vor.

„In Wien herrscht Revolution! Vor der Hofburg sind Barrikaden, selbst in Schönbrunn. Ja, in Wien wird geschossen", Sepp klingt gleichermaßen zornig und aufgeregt.

„Geschossen? Was wollen diese garstigen Leut?"

„Die haben nix zu fressen! Der Winter war hart. Ein Hungerwinter. Und die Studenten lärmen, der Kaiser hätte ausgedient."

„A... a... ausgedient? Und ... und was sagt der Kaiser dazu?" Sie wirkt nun gänzlich verwirrt.

„Weiß man nicht. Geflohen ist er – eine Spazierfahrt vortäuschend. Und die ganze Wiener Bagage ist mitgekommen zu uns. Wir Tiroler sind treu. Wir sterben freudig für Kaiser und Vaterland. Frag den Hofer. Ist der Kaiser auch noch so ein Trottel ..."

Pauline schlägt Sepp mit dem Handrücken auf den Mund, wenn auch nur leicht.

Er schnappt ihre Hand. „Mach das nie wieder! Und ich weiß, was dich ärgert", knurrt er.

„Waaaas?", jammert sie unter Sepps hartem Griff.

„Du bist eifersüchtig! Das Zirkuskind kann Sachen, die kein anderes Weib kann. Nicht einmal die Habsburgerprinzen. Ha! Und der Kaiser schon gar nicht ..."

„Was kann die denn?“, zischt Pauline.

„Hervorragend reiten und etwas riskieren, ihr junges Leben riskieren. Und Geld verdienen kann sie. Nur schad, dass sie eine Bayrische ist. Aber deine Wiener – die können gar nichts.“

„Sepp, du bist gemein. Die echten Prinzessinnen sind so gescheit!“

„Gescheit daherreden tun die. Und ausschauen wie das Leiden Christi in Schmalz ausgebacken“, ereifert er sich.

„Schwimmen tut die Bayrische auch. Was sagt man dazu? Ist eine Dame etwa ein Fisch?“, ächzt Pauline.

„Deine feinen Prinzessinnen ersaufen halt, wenn's drauf ankommt“, frotzelt er, lockert jedoch seinen Griff.

Pauline reibt sich das Handgelenk und stößt einen neuen Redeschwall hervor: „Die Mutter von dem Mädel ist auch seltsam. Soll in der Jugend schön gewesen sein und die Tochter des bayrischen Königs. Das glaub ich aber nicht, selbst wenn die Lakaien es daherreden. Die Eskapaden ihres Zigeunerehemannes haben ihr dann das Herz gebrochen. Einen Stall Kinder soll der noch haben – mit anderen Frauen. Kinder, die er nicht einmal verleugnet. Und allen zeigt er Kunststücke. Doch der junge Saufratz ist seine Meisterschülerin …“

„Pauliiiine! Bring das Mädchen!“, tönt es einmal mehr aus dem Obergeschoß. Laut und herrisch.

„Gott, steh mir bei, wieder die Meindl. Wenn die erfährt, dass ich noch nicht einmal gesucht habe, kann ich mein Bündel packen“, jammert Pauline. „Herrje, wo fang ich nur an?“ Den Tränen nah betupft sie mit ihrer grauen Schürze ihre Augenwinkel.

„Na, wo sucht man eine Zirkusreiterin?“, fragt Sepp betont heiter.

„Im Zirkus? Wir haben keinen Zirkus“, seufzt sie.

„Schon an den Pferdestall gedacht?“

Pauline schüttelt den Kopf.

„Auf geht’s. Du trägst meine Laterne. Möge dir ein Licht aufgehen, das bis ins Schmirntal leuchtet“, poltert er und bückt sich nach seiner Hellebarde. „Wie heißt das Zirkuskind überhaupt?“, will er wissen.

„Die Bayrischen rufen sie Siesie.“ Pauline dehnt die Vokale.

„Siesie? Ha! Aber besser als NoNo bei den Walschen“, lacht er.

„Ihre Schwester, die heißt eigentlich Helene, rufen sie Néné. Und ihre Brüder nennen sie Gackel und Lulu. Komische Leut sind das.“

„Bayrische halt!“, lacht er erneut.

„Siesie klingt nach einem Gaul, einem Zirkusgaul!“, empört sich Pauline. Dann kichert sie über ihren eigenen Einfall. Und kichert noch mehr, als Sepp das Geschnaufe eines Pferdes und Hufgetrappel nachahmt.

So verschwinden die geschwätzige Dienstmagd und ihr Helfer in der Nacht.

Das Kind spürt sie kommen. Ein Lichtschein, Keuchen, Stimmen.

„Puh, hier stinkt es grausig."

„Geh, Ställe riechen fein!"

„Immerhin stinken sie weniger als du."

„Du glaubst, du riechst gut, weil du den Geruch der Reichen kennst? Nach Duftwässerchen. Sind eh nur tote Blumen. Und nach Puder und kaltem Schweiß. Der Geruch der Faulheit."

„Sepp, du bist grob."

„Dann such sie doch allein, die bayrische Hex."

Diese Menschen suchen mich? Diese Krachmacher? Ihr Gerede lässt mir viel Zeit, um mich zu verkriechen, denkt das Mädchen und duckt sich dabei tiefer ins Heu. Es duftet nach Sonne, nach Bergkräutern. Noch besser riechen die Rösser. Sie liebt den Geruch von ihrem Gustl. Zwischen seinen Hufen saß sie schon als Krabbelkind. Der Schimmel ist ihr Freund. Da sie sich nicht von ihm trennen mochte, führte man ihn auf der Reise hinter den Kutschen her.

Im Stall beim Gustl ist es allemal besser als im Bett bei Néné. Stickig und heiß war es dort und kindisch war das Geschnatter.

„Dieses unbekannte Haus mit seinen düsteren Korridoren ängstigt mich", hat die Schwester gegreint, dabei ist sie schon im dreizehnten Jahr und tut ängstlich wie ein Kleinkind. Sie, die um zwei Jahre Jüngere, ist furchtlos.

„Du hast das wilde Blut deines Vaters", meint die Mutter dazu.

Kaum war man in Innsbruck angelangt, hatte sie befohlen: „Sisi, du schläfst bei Néné und beruhigst sie.

Unsere schöne Helene braucht ihren Schlaf. Sie muss einen guten Eindruck machen bei der Wiener Verwandtschaft."

„Und ich?", fragte das Mädchen.

„Elisabeth Amalie Eugenie – blamier uns nicht gar zu arg", maßregelte die Mutter. Sprach sie all ihre Vornamen aus, dann war es ihr todernst.

In dieser Nacht klagte Néné zunächst über Heimweh, dann über die fremden Räume, die seltsamen Gerüche, das harte Bett, später erschrak sie über ein Geräusch.

„Ein Untier will mich beißen!", schrie sie. Es zeigte sich eine Maus, nicht einmal eine Ratte. Das kleine Wesen hatte hübsche Augen wie Granatperlen, verschwand unter Nénés Gezeter aber sofort wieder in der Wand.

Sisi verstopfte das Mauseloch mit Nénés feinen Strümpfen. Die dumme Gans bemerkte nichts, sie hatte das Gesicht unter der Bettdecke verborgen. Ein viel zu warmes Daunenduvet. Dafür würde es dann am Morgen Gezänk geben.

Im Nebenzimmer der rasselnde Atem der Mutter. Litt sie an Kopfschmerzen, dann schnarchte sie. Auf Reisen war die Mutter immer ein Nervenbündel, und so machte sie die Anreise für alle zu einer Tortur.

Zumindest Sisi hatte sich auf das Land im Gebirge gefreut.

„Hoffentlich erbte Sisi nicht auch noch die Reiselust ihres Vaters? Nein, Reisewut. Sein fliehendes Herz", stöhnte die Mutter angesichts der kindlichen Vorfreude. Dieser jungen Wilden war alles zuzutrauen.

Die Mutter war in eine schwarze Reisepelerine gehüllt, einem Trauerflor gleich, ihr Gesicht ragte wächsern daraus hervor. Sisi musste an eine Totenkerze denken.

Bei Rosenheim kam das Schädelweh, ergriff ganz Besitz von der Mutter – dämonengleich. Sie ließ die Fenster mit dunklem Tuch verhängen. Oje.

„Ich sterbe in der Fremde. Sterbe für meine Kinder", klagte sie. Nun, es war eine Geduldsprobe, wenn zwei Söhne und zwei Töchter – Heranwachsende, hungrig auf das Leben und auf eine neue Landschaft – und eine reisekranke Mutter eine stramm gefederte, abgedunkelte Kutsche teilten.

In Kufstein dann das Malheur: Die Mutter spie Sisi auf die Füße. Nur Galle, sie hatte sich bei einer Rast zuvor schon gröber erleichtert. Aber nicht etwa Néné oder einen der Brüder traf der gelbliche Schwall. Das war typisch, obwohl die Mutter ja eigentlich nichts dafür konnte.

Sisi wusch ihr Schuhwerk und ihre Strümpfe dann im Inn. Eigenhändig. An dem Fluss mit seinem moosgrünen Schimmer hätte sie gerne länger verweilt, wo sie Wasser doch so liebte. Sie lauschte seinem Säuseln, dem Gurgeln der Stromschnellen. Dabei entglitt ihr ein Schuh, schwamm munter obenauf wie ein Karpfen auf der Jagd nach Insekten. Sie beichtete dies der Mutter, wenn auch wenig schuldbewusst, woraufhin diese noch missmutiger wurde.

„Dann geh ich in Innsbruck halt barfuß, mach ich eh lieber." Trotz war erst recht nicht geeignet, um die Stimmung der Mutter zu heben.

Fortan hielt die ihren Hut vors Gesicht, obgleich sie nicht mehr speien musste. War der Hut zu teuer? Ein neues Modell aus Paris, extra für diese Reise gekauft, mit schwarzen Federn obenauf.

„Der Bürzel des toten Raben", hatte der Vater Mutters Hut verulkt. Der Vater mit seinem Holzhammer-Humor.

Zumindest half der Bürzel des toten Raben der Mutter, ihren Mageninhalt bei sich zu behalten, wenn er auf ihrem Kopf schon keine rechte Zierde war.

Hartnäckig hielt sich jedoch der säuerliche Geruch in der Kutsche.

Ein übelriechender, heißer Kerker, ein ruckelndes Halbdunkel.

Sisi war froh, länger am Inn verweilt zu haben, als einer ihrer Schuhe zum Karpfen wurde. Mühelos wäre sie ihm hinterhergeschwommen, hätte sie nur dürfen.

Ob die Mutter ahnte, dass sie den Schuh absichtlich der Strömung übergeben hatte? Als Geschenk für die Flussnixen. Außerdem hasste sie solch feines Schuhwerk. Zehengefängnisse waren das.

Nur Holzschuhe sind fein. Bauernschuhe. Sie ergeben auch taugliche Boote. Darin kann sie ihre zahmen Meerschweinchen in See stechen lassen, wobei diese, unfroh quiekend, wenig Sinn für die Seefahrten zeigen. Ihr Name war eine Lüge.

Daheim in Possenhofen kauern die Berge wie buckelige Zwerge hinter dem See. Das Wasser ist der Hauptdarsteller. Der Starnberger See ernährt seine Fischer und ist Medizin für jeden, der ihn auch nur erblickt. Und ein Spiegel ist er für das Schauspiel der Wolken, für den Lauf der Sonne, das Funkeln der Sterne. Ach, ihr geliebtes „Possi".

Ab Kufstein schossen die Berge dann in den Himmel. Manche Felswände waren ganz kahl, so steil waren sie. Zornige, graue Riesen.

„Diese Felsen ängstigen mich“, entfuhr es Néné. Sie war blass geworden und wirkte zerbrechlich wie dünnes Porzellan.

„Ich finde es fein in Tirol“, rief Sisi laut und klatschte dabei in die Hände. Allein schon, um die große Schwester zu ärgern.

„In dieser rauen Kulisse wird sich alles für uns entscheiden“, orakelte die Mutter plötzlich.

„Was entscheidet sich?“, wollte die Jugend nun wissen. Am nachdrücklichsten fragte Lulu, mit seinen siebzehn Jahren war er ja schon fast ein Mann, doch auch er resignierte an Mutters ermattetem Schweigen. Ihr Gesicht hatte die Farbe von altem Brei.

Als sie in Innsbruck einfuhren – nach scheinbar endlosen Tagen und Stunden –, fand die Halbtote jedoch ins Leben zurück. Erstaunlich schnell.

„Eine Wunderheilung! Halleluja“, rief Néné. Nun, sie betete gerne und immer voller Inbrunst. Sie, Gackel und Lulu taten dies, da man halt beten musste.

„Lieber angeprotestantelt als den Kopf vernebelt von zu viel Weihrauch“, hatte Sisi den Vater einmal sagen hören. Darüber hatte sogar die Mutter aufgelacht.

Nun war die Reisekutsche plötzlich kein Leichenwagen mehr, sondern das Gegenteil: ein Behältnis, das ihre Zukunft enthielt! Die Mutter verabscheute das Reisen und lebte ganz für ihre geheimen Pläne beim Ankommen.

Kaum waren sie der stinkenden Kutsche entstiegen und betraten knarzende Zimmer, nahm die Mutter sie auch schon ins Gebet: „Das hier ist das Adelige Damenstift, hier hasst man schlechte Manieren. Wir sind bäuerlich, die Wiener Verwandtschaft ist fein. Sisi, das gilt hauptsächlich dir!"

„Frau Mama hätte mich ja in Possi lassen können, dort war es possierlich."

„Dich den Sommer über mit Bauernlümmeln auf Bäume steigen und Frösche fangen zu sehen? Oder dich im Kot der Ställe zu wissen? Es wird Zeit, dass du deine Wiener Cousins und Cousinen kennenlernst und dich wie eine Dame benimmst. Und schau mich an, wenn ich mit dir red, Elisabeth Amalie Eugenie!" Die gerade noch kranke Mutter gebärdete sich nun wie eine wütend gackernde Glucke.

All dies ging Sisi im Kopf herum, als sie später mit Néné in der stickigen Kammer lag. Schlaf? Daran war nicht zu denken. So schlich sie davon. Im Nachthemd und ohne Schuhe. Na und? Jene, die sie am Abend bei ihrer aller Begrüßung getragen hatte – man musste bei diesen Wienern ja Schuhe tragen –, waren ein Martyrium. Mörderschuhe. Zwei Blasen hatte sie zurückbehalten.

In Possi verbrachte sie die warme Jahreszeit ganz ohne Schuhe. Glückliche Barfuß-Sommer.

Im Hinausschleichen ergriff sie Nénés rosarote Stola – die feine Seidenstola vom Vorabend in Gesellschaft – und ihre Haarspange aus Horn. Man wusste ja nie, wem man begegnete in der Nacht.

„So ein kleiner Ausflug? Wunderbar!", sagte sie zu sich selbst. Parieren muss ich hier noch genug. Und charmieren. Das sind Sternstunden für Néné und Kerkerstunden für mich, kam ihr noch in den Sinn.

So hatte sie es ja Stunden zuvor beim Empfang in der Hofburg erlebt. Diese Tante Sophie hatte sie den ganzen Abend gepeinigt mit ihren Blicken. Sie und Néné. Für den Lulu und den Gackel hatte sie hingegen kaum Augen gehabt.

In Possi ginge sie jetzt schwimmen. Das ist ihr Geheimnis. Ach, wie liebt sie den Mondschein auf nackter Haut. Dann werden die Wassertropfen zu flüssigem Silber, und sie verwandelt sich in eine Wassernixe. Die keckste von Neptuns Töchtern.

Doch nun befindet sie sich inmitten einer Stadt und bei feinen Leuten. Wohin also gehen? Zum Stall! Ja, dort ist es zumindest gemütlich. Das vertraute Schnaufen der Rösser, Wärme, Geborgenheit im Heu.

Sisi schreckt aus ihren Gedanken hoch. In die Idylle des Stalls drängen nun Menschen: diese Dummschwätzer! Soll dies etwa ein Suchtrupp sein? Sie hält den Atem an. Hört ein Rascheln, Halme brechen, ein Stoßen. Ja, Stöße ins Stroh. Mit etwas Spitzem, einer Art Klinge, so viel erkennt sie in dem Lichtkegel.

„Siesie!", ruft es. Diese Frau beherrscht nicht einmal die Aussprache meines Namens, denkt das Mädchen. Dabei ist es wie gelähmt. Ich muss rufen, mich bemerkbar machen, diese Klinge kann mich verletzen. Doch sie duckt sich wie ein Rehkitz, bevor es die Sense des Schnitters trifft.

„Siesie!" Sie fühlt die Energie eines weiteren Stoßes.

„Bist du sicher, das ist nicht gefährlich?", fragt die weibliche Stimme.

„Für mich nicht", antwortet ein Mann. Seine Stimme klingt harsch, auch dieses laute Keuchen kommt von ihm.

„Und wenn sich jemand im Stroh verbirgt?"

„Sich vor einem Nachtwächter zu verbergen, ist verboten. So machen wir das auch mit den Ferkeln, die sich verstecken."

„Ihr erstecht sie?"

„Geh, ich steche doch nicht fest zu. Ich pieke nur! Frau Hanswurst, kümmere dich um Dinge, die du verstehst."

„Du bist hier der Hanswurst", schimpft die Frau.

Die Klinge stößt erneut zu.

Die suchen mich und könnten mich dabei töten. Das sind Idioten, denkt das Kind. In seine Verwunderung mischt sich Wut.

„Ihre Tochter Elisabeth wurde getötet. Ein grausames Versehen!", tönt es in Sisis Kopf. Sie stellt sich vor, wie man der Mutter die Nachricht überbringt. Die arme Frau stürbe auf der Stelle. Ihr schwaches Herz. Und Néné würde durchdrehen. Was war von einem Mädchen zu erwarten, das eine Maus fast zu Tode erschreckt?

Sie bekommt etwas zu fassen. Ein Stück Holz? Eher ein Holzschuh, so rundlich, wie sich das anfühlt. Vermutlich hat ihn einer der Knechte verloren, die das Heu und die Streu abluden. Sie wirft den Schuh mit aller Kraft von sich. Er landet mit einem dumpfen Aufschlag.

„Hast du das gehört? Dort, Sepp, dort! Jetzt haben wir das Luder!" Die Frauenstimme lotst den Heustecher von ihr weg.

Das Keuchen entfernt sich. Sie hört Gewieher. Das ist ihr Gustl! Sie kennt ihn unter hundert Rössern heraus. Ist der Holzschuh so nah bei ihm gelandet? Das wäre eine Überraschung für diese Leute. Gustl mag Fremde nicht – schon gar nicht in der Nacht.

Sisi kriecht aus ihrem Versteck und hastet davon. Hört hinter sich einen gellenden Schrei, den Schmerzensschrei eines Mannes.

Jetzt ist sie draußen an der frischen Luft. Lautes Vogelgezwitscher verkündet die nahe Dämmerung. Der neue Tag riecht würzig: nach Nadelbäumen, Sommerflieder, Holunder, frisch geschnittenem Gras und ländlichen Ausdünstungen jener Art, die fette Fliegen gedeihen lassen.

Gelb schält sich die Hofburg aus dem ersten Licht. Maria-Theresien-Gelb ist dies, so hat die Mutter erklärt. Alle Jalousien und Vorhänge sind noch geschlossen. Hinter diesen gelb gebutterten Wänden schlafen die feinen Wiener Verwandten noch. Langweilige Bettenfurzer!

„Die Noblesse verschläft die neue Zeit. Sie verschläft faul ihre eigene Absetzung, Kaiser Ferdinand sowieso", hat der Vater jüngst behauptet.

In München tobt sie ja auch – diese Revolution. Doch die aufgebrachten Horden haben ihr Max-Palais auf der Ludwigstraße verschont.

„Wer erschießt schon einen Zirkusreiter? Ist ein schwer zu treffendes Ziel", sagt der Vater dazu.

„Da zahlt es sich aus, dass unser Herr so gut mit dem Volk steht. Mit dessen Weinschänken und dessen Weibern", hat sie Lakaien in München daherreden gehört. Königlich hat sich der Vater dann amüsiert, als die regierenden Wittelsbacher bei ihnen im Max-Palais Zuflucht suchten, da sie den Volkszorn fürchteten.

Und was geschah in ihrem geliebten Possi? „Dort findet die Revolution auf dem Misthaufen statt. Unter Regenwürmern oder im Schilf bei den Wasserläufern", so der Vater. Hi, hi! Wie gerne gräbt sie nach Würmern, sie sind Köder für ihre Angeln, oder sie fängt Wasserläufer mit einem Kescher, mit dem man auch gut kleine Fische und Froschlaich fangen kann.

Nun ist sie fern von ihrer vertrauten Welt, ist zum ersten Mal in diesem Innsbruck. Sie erspäht im fahlen Licht eine Pappelallee, lässt sich vom Rascheln der Blätter fortlocken, tappt über sandigen Untergrund. Ist dies der Rennweg für die Pferde? Wo sich ihre Fußsohlen vom Boden lösen, bleiben Abdrücke zurück, ihre Zehen sind klein wie Korinthen. Wie lustig sind die Spuren, die sie an diesem fremden Ort hinterlässt!

Plötzlich fühlt sie sich wie dieser Wilde, dieser Freitag in dem Roman *Robinson Crusoe*.

Die Mutter hat ihren Kindern das Lesen von Romanen verboten, es soll ihnen keine Flausen in den Kopf setzen. Daraufhin brachte der Vater seinen Söhnen dieses Buch mit. Natürlich hat es auch Sisi gelesen. Dabei liest sie eigentlich nicht so gerne, aber dies war keine fade Lektüre für artige Damen. Nein, dies war ein Abenteuer, das einem durch Mark und Bein ging. Wunderbar! Nun also ist sie jener Freitag!

Sie hat eine Idee. Sie wird Zeichen hinterlassen. Hinweise für den Suchtrupp. Ja, das ist lustig. Die Spuren einer jungen Wilden, die der Zufall an den Strand einer Insel gespült hat. Dabei ist es unerheblich, dass der vermeintliche Strand im Herzen einer Stadt liegt. Dann ist sie halt der weibliche Freitag von Innsbruck! Ha! Die Eingeborenen dieser Berge werden staunen!

Sie balanciert auf einem Bein und zeichnet mit dem großen Zeh des anderen Fußes in den Sand. Nur gut, dass er so weich ist.

„Das ist für Frau Hanswurst. Damit die weiß, wie man meinen Namen schreibt: SISI", murmelt sie. Einbeinig macht sie sich gut. Wer auf einem galoppierenden Pferd stehen kann, schreibt mühelos mit einem Zeh. Ganze Gedichte könnte sie einbeinig schreiben.

Gedichte schreibt sie auch daheim. Der Vater hat ihr eigens ein mit grünem Samt bezogenes Büchlein geschenkt. Er dichtet ja auch, wenn auch eher Lieder oder Witztexte.

Und die Mutter? Sie hält dichtende Frauen für Närrinnen. „Unser Zirkuskind beherrscht nicht einmal so recht das Vaterunser und du willst eine Sappho aus ihr machen", schimpft sie.

„Wenn unser Zirkuskind etwas begeistert, dann brennt sie dafür. Alles andere ist ihr schnurzegal. Und wird ihr immer egal sein", sagt der Vater dazu.

Sisi wird beobachtet. Was macht dieses Wesen – so früh am Tag? Ist dies eine Frau, ein Mädchen? Eine verjagte Bettlerin? Was macht die da mit ihrem Fuß? Und trägt die auf der Straße etwa ein Nachthemd?

Wäre das Treiben nicht schon verwunderlich, ist es diese Erscheinung allemal. Ihre Haare – in der Farbe von Haselnüssen – trägt sie offen. Sie fallen ihr bis über die Kniekehlen. Die Energie jeder Bewegung überträgt sich bis in die Spitzen. Man könnte fast meinen, dass diesen riesigen Haaren eine eigene Seele innewohnt.

Betrachtet man das Wesen von hinten, gleicht die Haarflut einem Umhang, der nur knapp über dem Boden endet.

Der heimliche Beobachter glaubt, eine Wilde zu erkennen. Sie passt nicht zur Szenerie einer Stadt, noch dazu in Blicknähe zur barocken Hofburg. Dieses Wesen ist exotisch. Sisi wäre von den Mutmaßungen des Mannes begeistert.

Nun möchte der Voyeur in das Antlitz blicken. Unbedingt.

„Grüß Gott, wohin so früh?"

Die Angesprochene fährt herum. Sie ist groß gewachsen, aber noch sehr jung. Unter dem Medusenhaar steckt ein Kindergesicht mit runden Wangen, einem weichen Kindermund und braunen Augen. Sie stehen leicht schräg, das verleiht dem Blick etwas Katzenhaftes. Es scheint tatsächlich ein Naturkind zu sein, dies verrät schon die gebräunte Haut mit Sommersprossen. Nicht wenigen Sommersprossen.

„Hast du dich verlaufen?" Auch der Fragesteller ist jung, verglichen mit dem Mädchen jedoch schon alt.

Es mustert ihn mit wachem Blick. „Ich geh nur spazieren, aber Sie sind ein Dieb", erwidert es im bayrischen Zungenschlag. Es spricht leise, aber bestimmt.

Er ist zunächst sprachlos. „Waaas? Ein Dieb? Du bist dreist", stottert er dann.

„Sie sind dreist. Sie haben die Decke vom Gustl gestohlen!"

„Vom Gustl?"

„Das ist mein Pferd, ich hab den Namen selbst aufgestickt. Und das, obwohl ich Stickarbeit hasse!"

Der Beschuldigte zieht die blaue Pferdedecke von seinen Schultern und untersucht sie im fahlen Licht. „Ich finde nur ein großes G und ein großes M."

„Das meint Gustl aus München. Ich hab ja gesagt, dass es mir vor Handarbeit graust." Sie streckt ihr Kinn hoch, ein rundes Kinderkinn.

Der Mann muss fast lachen über dieses Haarwesen mit seinem Kinderstolz. „Ich habe mir die Decke nur geborgt. Die Nächte in den Bergen sind kühl. Nun graut der Tag. Bringen wir Gustl seine Decke gemeinsam zurück?"

„Hmh ... dort sind die Wachen. Man sucht mich ..."

„Aha?" Er lacht auf, in schierem Erstaunen.

„Da haben wir wieder etwas gemeinsam. Darf ich mich vorstellen: Aloys Oberrauch, Student der Jurisprudenz aus Wien."

„Also doch ein Schurke!", sagt das Mädchen unverblümt.

„Ein Schurke?"

„Gestern sagte Tante Sophie, in Wien seien alle Studenten Schurken. Doch Vater meint, die redet viel, wenn der Tag lang ist."

Wieder muss Aloys ein Lachen unterdrücken. „Ich bin kein Schurke, aber ein freier Geist. Deshalb hat man mich aus Wien verbannt. Die Universität von Innsbruck gilt als Strafkolonie für solche wie mich. Aber davon verstehst du sicher nichts ..."

„Ich verstehe alles, was ich nicht soll, und ich mach alles, was ich nicht darf. Dies sagt die Mutter."

„Und was sagt dein Vater dazu?"

„Der sagt, ich soll alles machen, was ich nicht darf."

„Und was macht dein Vater?"

„Der ist beim Zirkus!" Mit diesen Worten reckt sie wieder stolz ihr Kinn, und ihre Katzenaugen blitzen. Was für eine seltsame Gestalt im ersten Morgenlicht, denkt der Mann.

Dann wendet sie sich jedoch so abrupt ab, dass ihre langen Haare erzittern, wirkt plötzlich verschlossen.

„Muss weiter", murmelt sie und stapft auf nackten Füßen davon. Ihre Abdrücke sind winzig, verglichen mit der Urgewalt dieser Haare.

Sisi kommt ein Gespräch ihrer Eltern in den Sinn. Sie hätte es nicht belauschen dürfen.

„Du reist nach Innsbruck, da deine Schwester dort weilt? Sieh dich vor, Ludovika, die Wiener Verwandtschaft wird man in Tirol nicht erschießen, dort erschießt man lieber uns Bayern. Aber grüß Sophie und ihren Franz Karl, sofern der Erzherzog sich neben seiner Frau zu reden traut. Ha, ha! Sie sei der einzige Kerl in der Hofburg, hört man. Selbst der abgefeimte Metternich fürchtet sie.

Und, Ludovika, red Sophie nicht immer nach dem Mund. Das hast du nicht nötig, wir sind Wittelsbacher. Wittelsbacher! Seit über 700 Jahren beherrschen wir Bayern. Da waren die Habsburger noch Raubritter im Schweizer Aargau.

Und grüß mir Ferdinand. Entschuldige, Seine Majestät, den Kaiser. Herzensgut, aber ein Zwetschgenmandl. Ich stürbe vor Langeweile nach einem Abend mit ihm."

„Aber Max ...", empörte sich die Mutter. Ihr Empören erstarb auf ihren Lippen, sie kämpfte mit den Tränen, so viel erkannte Sisi durch das Schlüsselloch. Doch der Vater mäßigte seinen Redeschwall nicht. Wie immer zerschellte ihr Widerspruch an seinem Temperament, obwohl der Vater eigentlich kein böser Mann war.

„Ja, ehrlich, liebe Ludovika, mir sind diese Kaiserlichen zu fad. Du kannst ohne mich unsere Töchter anpreisen. Es bestimmt ja eh Sophie über die Ware!"

Die Mutter setzte dem Vater nichts entgegen – nicht einmal ihr übliches „Max, du machst mich krank!". So waren sie ohne seine Begleitung verreist.

Doch sind sie und Néné tatsächlich eine Ware? So etwas wie ein Sack Mehl?

Jetzt ist da dieser Fremde. Er verfolgt sie. Möchte der sie aushorchen? Oder gar entführen? Die Mutter hat ihr verboten, mit Fremden zu sprechen. Tante Sophie spricht sowieso mit niemandem, der nicht von Adel ist, außer mit Domestiken, wie sie das nennt.

Diese Verbote sind für Sisi Grund genug, mit diesem Herrn Oberrauch zu sprechen, auch macht er ihr keine Angst. Soll sie sich als weiblicher Freitag vor einem Studenten fürchten? Zudem hat er blaue Augen. Himmelblaue. Er sieht sogar nett aus, auch wenn er schlecht rasiert ist! Und ein bisschen verloren wirkt er, so verloren wie sie selbst. Doch was hat er zuletzt gesagt?

„Du gehst nachts allein spazieren? In Zeiten wie diesen?“

„Wenn S' sich fürchten, dann begleiten S' mich halt“, sagt sie und klingt dabei sehr erwachsen.

Er schaut verwundert und lacht dann auf, ein freundliches Glucksen, warm im Ton.

„Ich begleite nur Damen, deren Namen ich kenne“, sagt er nicht ohne Charme. Das Blau seiner Augen wetteifert mit dem Blau der Dämmerung.

Sie deutet auf jene Stelle im Sand, die sie mit ihrem Zeh beschrieben hat. Er eilt zurück und entziffert „Sisi“.

„Sie müssen's schnell aussprechen, dann passt's“, korrigiert sie ihn.

„Wohin darf ich dich begleiten, Sisi? Den Ort bestimmt ja die Dame.“

„Bin ich eine Dame, dann müssen S' mich auch so nennen!“

„Madame Sisi also?“

Sie nickt huldvoll.

„Bevor ich Sie begleite, muss ich erwähnen, dass man Madame ihr Versteck ansieht!“

Beiden fällt es schwer, ernst zu bleiben, als Aloys Oberrauch Madame Sisi Heu- und Strohhalme aus Haar und Kleidung zupft.

„Der halbe Pferdestall hängt in Ihrer Frisur“, erklärt er und zupft und zupft.

„Welche Frisur?“, fragt sie heiter. „Keine Sorge, ich frisier mich, wenn ich eine Dame sein soll!“

Sie greift mit beiden Händen in ihre Haare, die Unterarme versinken ganz darin. Sie ringt mit der hellbraunen Flut, zerteilt sie wie wilde Bäche, die man bändigen und kanalisieren muss. Sie besiegt die Naturgewalt, indem sie sie zu einer dicken Haarwurst zusammendreht und um ihren Kopf windet. Einmal, zweimal, dreimal. Dann befestigt sie die Konstruktion mit einer Haarspange, die sie aus einer Tasche des Nachtkleides hervorholt.

Der Betrachter ist über die Fingerfertigkeit des Kindes erstaunt, und die Anmut, mit der diese Frisur entsteht. Sie sitzt ein wenig schräg auf dem kleinen Kopf mit dem schmalen Nacken, aber sie hält. Der schiefe Turm von Pisa aus Haaren, denkt Aloys.

Sisi deutet die Verblüffung des Betrachters richtig und plappert los: „Meine Haare sind wie ein fremdes, wildes Tier auf meinem Kopf, aber ich hab’s gezähmt.“ Wieder signalisiert ihr Kinderkinn ihren Stolz.

Nun drapiert sie die rosa Stola um ihren Körper, das Nachtgewand verbergend. Nur die nackten Füße verraten noch, dass an dieser jungen Madame etwas nicht stimmt.

„Wir geh’n ja nicht tanzen. Den Ort bestimmt die Dame. Wir besuchen ein Pferd. Es steht dort auf dem

Sockel." Sie deutet über den Platz vor der Hofburg zum Theater mit seinen dorischen Säulen hin.

„Das ist das Standbild von irgendeinem Leopold, so viel weiß ich schon über Innsbruck. Pferde scheinen Madame Sisi zu gefallen."

„Tiere sind treuer als Menschen. Ich kann ohne Menschen leben, aber ohne Tiere? Nie! Was wär ein Zirkus ohne Viecher?"

Und weil sie Tiere so liebt, ist Sisi sofort alarmiert, als sie einen Esel kläglich schreien hört. Etwas entfernt werden Holzbuden aufgebaut und Tische zusammengestellt. Der Tag bricht an. Ein Markttag.

„Dummes Vieh, du kommst in die Wurst!", schimpft ein Mann und traktiert sein Grautier mit einer Haselgerte. Es trägt Körbe voller Tonkrüge, sie sind ihm wohl zu schwer, oder es mag sich nicht zwischen den engen Marktständen durchdrängen lassen.

„Wer ein Tier schlägt, der ist dümmer als jedes Tier", sagt Sisi, die jetzt hinter dem Peiniger steht. Sagt es laut.

„Wer wagt es, mich ein Tier zu nennen?" Der Mann, ein bäuerlicher Typ, eher breit als groß gewachsen, lässt von dem Esel ab und ist erstaunt, ein Mädchen als Quelle der Beleidigung zu erblicken. „Warst du das, du Rotznase?"

„Nein, es war Ihr Esel, der Klügere von beiden." Dieses Mädchen zeigt keine Anzeichen von Furcht.

Der Mann ringt um Worte. Böse Worte.

„Sieh dich vor, du Wüstling. Wir beide waren das", sagt Aloys Oberrauch und stellt sich schützend vor Sisi.

„Bursche, wer bist du?", raunzt der Besitzer des Esels.

„Mit Verlaub, das tut hier gar nichts zur Sache", kontert Aloys.

„Tut nix zur Sache? Gescheit daherreden tust du wie ein Wiener. Bist ein Student?“

„Und wenn es so wäre?“

„Dann kannst du ohne Zähne im Maul gescheit reden. Wir Tiroler haben euch Revoluzzer im Auge. Sagt ihr nur ein Wort gegen unseren Kaiser, dann treiben wir euch aus der Stadt. Verjagen euch mit den Schützen!“, brüllt der Mann. „Und sagt einer von euch g’schissenen Studenten irgendwas gegen die Jesuiten, dann erlebt ihr auch was!“ Drohend fuchtelt er mit der Haselgerte vor Sisis und Aloys’ Gesichtern herum.

„Geh, Odilo, dein Vater kommt aus Galizien. Du brauchst nicht so grantig zu sein gegen Gäste in unserer Stadt, noch dazu gegen ein junges Mädchen. Schäm dich“, ruft eine Frau und zeigt mit dem Zeigefinger auf den Mann mit dem Esel. Sie trägt einen Weidekorb mit Blumen auf dem Rücken.

„Odilo, der Stammbaum deines Grautiers ist reinrassiger als deiner“, ruft es von einem anderen Marktstand. Dort breitet ein Mann geräucherten Tiroler Speck auf Tischen aus und hängt Würste an eine Holzstange.

Der Besitzer des Esels schweigt zu alldem, fuchtelt jedoch weiter bedrohlich mit seiner Gerte herum. Inzwischen hat das Grautier allein zur gewünschten Stelle zum Abladen der Tonkrüge gefunden.

„Wenn man den Esel nicht schlägt, kann er’s doch. Der Klügere halt“, sagt Sisi ungerührt.

Aloys zieht das Mädchen am Arm weiter, die Frau mit den Blumen winkt sie zu sich.

„Schön, dass du Esel so magst, ich mag sie auch“, sagt sie.

„Ich mag alle Tiere, selbst die grausigen.“ Sisi lächelt.

„Kind, nimm dir eine Blume“, sagt die Frau dann.

„Haben S' Veilchen?“ Die Frau schüttelt den Kopf, so greift Sisi mit ihren kleinen, gebräunten Händen nach einer weißen Rose.

„Gute Wahl, eine Rose in der Farbe der Unschuld. Sie ist aus Papier, sie blüht auch dann noch, wenn deine kleine Schwester einen Bräutigam findet“, sagt die Frau augenzwinkernd zu Aloys und hält die Hand auf. Er schaut verwundert. Sprach sie nicht von einem Geschenk? Aber er will kein Herumgerede und gibt der Blumenfrau ein paar Groschen.

„Eine Rose für die Rose. Madame Sisi, Sie waren tapfer gegenüber Unrecht, Sie hätten Talent zur Revolution“, sagt er grinsend. Sie nickt so begeistert, dass ihr Haarturm wankt.

Bald sitzen sie auf einer Bank vor dem Reiterstandbild. Dass in der Nähe ein Brunnen Wasserkaskaden versprüht und halbnackte Nymphen Muscheln und Wassertiere in Händen halten, interessiert Sisi nicht. Auch das imposante Theatergebäude beachtet sie kaum. Ihre Katzenaugen sind starr auf das bronzene Reiterstandbild gerichtet.

„Ein Andalusierhengst!“, ruft sie begeistert aus.

„Aha?“ Aloys fällt dazu nichts ein.

„Das sieht man am muskulösen Rumpf, der starken Hinterhand, dem kräftigen Hals, hoch aufgesetzt, und dem edlen Kopf.“

„Sie meinen den Kopf vom Reiter?“

„Mein Gott, Herr Oberrauch, der ist mir doch wurscht. Sie verstehen ja wirklich gar nichts von Pferden“, empört sie sich so, dass ihr Haarturm erneut wankt.

„Aber der Gaul geht mit dem Reiter durch!“, gibt Aloys zu bedenken.

„Schmarrn, er steht auf der Hinterhand und wirft die Vorderhufe in die Luft. Das ist eine Courbette", erklärt sie.

„Eine Courbette?"

„Na, eine Pferdedressur. Obwohl der Kerl mies im Sattel sitzt."

„Liegt das an der steifen Halskrause – damals wohl in Mode?"

„Schmarrn!"

„Woran erkennt man es dann? Ein Student der Jurisprudenz weiß nicht alles, auch wenn die Advokaten später so tun."

„Gott sei Dank werden S' kein Rossdoktor", stöhnt sie und legt ihre Kinderstirn in Falten. „Der Reiter hat eine schlampige Beinhaltung. Die Kunst der hohen Dressur beherrscht der sicher nicht. Doch mein Vater kann's und ich beherrsch die Courbette bald auch", erklärt sie zunehmend heiter. „Dann zeig ich's im Zirkus", jauchzt sie und klatscht in die Hände.

Aloys schüttelt den Kopf. „Gibt es für Sie noch andere Belange als Tiere und Zirkus?"

„Andere Belange?"

„Madame Sisi, es herrscht Revolution! Fragen Sie sich nie, warum?"

„Iiich ...?" Sie schüttelt heftig den Kopf, ihr Haarturm wankt wie bei einem mittleren Erdbeben, er fällt aber nicht.

„Menschen leiden. Selbst Kinder in Ihrem Alter verrichten vom Morgengrauen bis zur Nacht Sklavenarbeit, sie schuften in Wäschereien, auf Feldern und in Fabriken. Und sie hausen mit ihren Familien in einem Zimmer. Alle arbeiten hart und kommen doch nicht heraus aus diesen kalten, dunklen Löchern."

„Das ist nicht möglich!“ Sie reißt die Augen auf.

„Leider doch. Deshalb kommen neue Ideen in die Welt. Neue Hoffnungen, doch die Zeitungen dürfen kaum berichten, wir haben Zensur. Die Meinung von Minister Metternich, der alle kritischen Gedanken unterdrücken lässt, ist einfach: Hände falten, Goschen halten!“

„Ich versteh nix von Politik. Mein Vater meint, dass meine Mutter auch nix davon versteht. Aber ‚Hände falten, Goschen halten‘? Das klingt nicht lustig“, sagt das Kind.

„Manche Leute sagen, der Adel hätte ausgedient, und alle Menschen wären Brüder. Das sagen vor allem die Franzosen. Aber auch ein heller Kopf aus deiner Heimat.“

„Aus Bayern?“

„Nein, aber aus Deutschland. Doch man hat ihn vertrieben, er ist nach Paris geflohen. Heinrich Heine heißt er.“

„Sind Sie das? Sind Sie es wirklich?“ Ein Mann stürmt auf Sisi zu und unterbricht die Konversation. Gerade hatte Aloys mit Erzählungen aus Paris ihre Aufmerksamkeit gefesselt.

Sie erkennt den Störenfried und glaubt, im Erdboden versinken zu müssen: Es ist Karl Ludwig, der junge Erzherzog, sie wurden sich am Abend vorgestellt.

„Jaaaa, Sie sind es! Die bayerische Prinzessin!“

„Prinzessin?“ Aloys bläst die Backen auf.

„Ich dachte, dies ist unmöglich. An diesem Ort und so früh am Tag? Doch solche lieben braunen Augen und solche Haare vergisst man nicht. Feenhaare!“, lacht Karl Ludwig. Ein Lachen, das gesunde Zähne aufblitzen lässt. Er trägt eine Uniform mit goldenen Litzen, sie blitzen in den ersten Sonnenstrahlen. Der taubenblaue Uniformrock steht ihm gut zu seinen blonden Haaren, seiner Statur. Er verbeugt sich.

„Dies ist sicher Ihr Hauslehrer, werte Cousine. Stellen Sie uns vor?"

„Wir waren bei einer interessanten Lektion, aber ich muss jetzt gehen", sagt Aloys und springt auf.

Sisi, die wie angewurzelt auf der Bank saß, tut das Gleiche. „Äh ... darf ich vorstellen, Seine ... äh ... Kaiserliche Hoheit."

Aloys Oberrauch schüttelt die ausgestreckte Hand – dargeboten im weißen Handschuh. Drückt sie fest und deutet eine Verbeugung an. „Prinzessin, es war aufschlussreich mit Ihnen. Und vergessen Sie mir Heinrich Heine nicht!"

Nach einer weiteren Verbeugung verschwindet Aloys zwischen den Marktbuden – und mit ihm Gustls blaue Pferdedecke, zusammengerollt unter seinem Arm.

„Ein Mensch mit resolutem Händedruck", sagt Karl Ludwig. Seine Finger schmerzen, fast hätte er aufgejault. Gerne hätte er sie jetzt geschüttelt, aber es steht das Mädchen neben ihm.

Mehr Leid sollte dieser junge Mann in der Revolution übrigens nicht erfahren als den beherzten Händedruck eines Studenten auf der Flucht. Eines müden, hungrigen und gedankenschweren jungen Mannes, verjagt aus dem kaiserlichen Wien.

Sisi geniert sich. Karl Ludwig starrt auf ihre Füße. Sonnengebräunt sind sie, und das Eingeständnis ihrer Abneigung gegen Schuhe. Zudem sind sie schmutzig.

Schmutzig bis unter die Zehennägel. Auch blitzt ihr Nachthemd unter der Stola hervor, ein Stück Saum ist ausgerissen.

„Mein Lehrer meint, es ist egal, wie ich ausseh während meiner Lektionen. Natürlich soll ich sein. Ein Naturkind. Er ist ... äh ... modern", sagt sie errötend. Das ist peinlich und doch urkomisch. Die Mutter würde sie erbost heimschicken, der Vater wäre amüsiert.

„Werte Cousine, es ist niemals egal, wie eine Dame aussieht. Doch Sie sehen bezaubernd aus. Man sollte die Mode nach Ihnen ausrichten!" Karl Ludwig reicht Sisi den Arm und sie lässt sich von dem jungen Galan zu ihrem Domizil geleiten. Sie schreitet zierlich, tänzelt auf Zehenspitzen.

Man treibt Konversation, scherzt sogar.

Wird er mich bei seiner Mutter verraten, der strengen Tante Sophie?, arbeitet es unterdessen in Sisis Kopf. Kein Wunder, dass ihr Haarturm dabei noch mehr in Schieflage gerät.

Sie huscht unbemerkt durch den Dienstboteneingang des Adeligen Damenstifts, erstaunlich genug, und erreicht auch ungesehen ihre Schlafstube. Findet diese von Licht durchflutet, Gardinen blähen sich auf wie Segel. Große Segel, die Schiffe über den Ozean jagen lassen. Jeder Lufthauch zaubert goldene Schlieren aufs Parkett.

Sisi kann nicht an sich halten, jagt ihnen hinterher, ihre Füße quietschen auf dem gewachsten Holz. Schmutzige Füße, glückliche Füße. Sisi tanzt auf Sonnenschein. Tanzt an einem Ort, der dafür nicht geschaffen ist.

Sie löst ihre Haare, schleudert die Spange auf ihr Bett. Was gerade noch eine Haarwurst war, weht jetzt um ihren Körper wie eine der Gardinen im Wind. Besser noch – ihre Haare sind jetzt wieder dieses fremde, wilde Tier.

Sie lacht, lacht ohne Ton. Die Schlafenden darf sie nicht wecken, denn sie hat alles falsch gemacht. Zumindest alles, was ihre Mutter für falsch hält. Und diese Tante Sophie sowieso ... Wunderbar! Es ist dumm und es ist ungerecht, dass man Mädchen fast jeden Spaß verbietet!

Ein prickelndes Gefühl durchdringt sie, es prickelt wie süßer Perlwein in ihrem Mund. Den hat sie auch schon probiert. Heimlich.

„Das Glück gehört nicht nur den Frommen und den Braven, das Glück ist wie die Sonne, es gehört auch den Wilden!" So lautet einer der vielen Sprüche ihres Vaters. Ach, was für ein verrückter Morgen! Nie hätte sie gedacht, dass ihre erste Nacht in Tirol so aufregend endet.

Nénés Atem geht regelmäßig, auch die Schlafgeräusche der Mutter hört man noch.

Nur gut, dass die beiden noch ruhen. Es wird Donnerwetter genug geben, wenn die Mutter erwacht. Schließlich hat Néné sie ja vom Personal suchen lassen.

Vielleicht hilft die Ausrede, sie habe schlecht geträumt und sich auf der Suche nach der Mutter in dem fremden Gebäude verirrt? Ja, ein bisschen flunkern, das könnte gehen ...

Doch ihre Lügengeschichte funktioniert nur, sofern ihr edler Finder sie nicht verrät. Ist diesen Habsburgern zu trauen? Ihre Brüder und sie halten bei jedem Abenteuer zusammen, egal, ob es um zerbrochene Scheiben, erschreckte Dienstboten, verärgerte Nachbarn oder andere Missgeschicke geht. Aber so etwas kennen diese feinen Wiener nicht.

Kann dieser Karl Ludwig seinen Mund nicht halten, wird die Mutter sie mit der nächsten Kutsche heimschicken, und der Vater hätt seine Freud. „Du triffst dich mit einem Prinzen nachts in der Stadt – barfuß und im Nachthemd?“

Das wäre eine Geschichte ganz nach seinem Geschmack.

Sisi zupft Nénés Strümpfe aus dem Mauseloch. Sie will zumindest diesen Streit vermeiden. Dann schlüpft sie ins Bett. Drapiert die Haare um ihr Kopfkissen, das wilde Tier soll jetzt ruhen. Wenn Mutters Strafgericht kommt, wird sie sich einfach schlafend stellen.

Sie schließt die Augen, doch findet sie keinen Schlaf. Die Eindrücke der letzten Nacht tanzen in ihr, wie ihre Füße über das Holz.

Sisi ist erst seit Stunden in Innsbruck und schon wetteifern die Erinnerungen an die Ereignisse in ihrem Kopf.

Es fing damit an, dass sie, just der Kutsche entstiegen, schon zur Wiener Verwandtschaft mussten. Honneurs, Honneurs, wie sie dies hasste. Es war kaum Zeit, die Garderobe zu wechseln und eine Eidechse zu entsorgen, die vertrocknet im Zimmer lag. Néné ekelte sich.

Sisi schob die kleine Mumie einer Dienstmagd in die Tasche. So einem neugierigen Ding, das sie und die Schwester beim Ankleiden aushorchen wollte.

Selbst Néné gefiel dieser Streich. Sie war wunderschön in rosa Seide. Für Sisi hatte die Mutter das dunkelblaue Kleid ausgewählt.

„Sisi, du musst zurückstehen“, hieß es. Gott sei Dank. Herrje, was sollte sie überhaupt mit diesen feinen Leuten reden?

Der Abend glich einer Zirkusnummer, einer Clownsparodie. Erzherzogin Sophie musterte sie vom Scheitel bis zur Sohle. Sie hielt sich sogar ein Monokel vor.

„Ich bring dir noch den Gustl, dem kannst ins Maul greifen bei diesem Pferdemarkt“, hätte sie gerne gesagt. Ihr Mund lächelte jedoch ein zuckersüßes Kinderlächeln.

„Sei manierlich und bescheiden, nur so gefällst du Tante Sophie“, hatte die Mutter gemahnt.

Sisi betrachtete diese Frau aus dem Augenwinkel. Die Tante war eigentlich keine unschöne Person. Doch sie war affektiert und verströmte eine Aura der Macht, die weder ihr Mann noch der Kaiser verströmten.

„Ein Kampfhahn getarnt als Henne im Reifrock“, so hatte der Vater die Tante genannt.

Diese richtete das Wort nie direkt an sie oder an Néné.

„Gut gelungen, Ludovika“, sagte sie nur beiläufig.

„Aber deine Sisi sollte gründlicher ihre Zähne putzen“, meinte die Tante dann und deutete die Handbewegung des Zähneputzens an.

Mutter und Tochter schwiegen beklommen. Es fühlte sich wie eine Ohrfeige an.

Da fiel Sisi ein: Sie hatte auch vergessen, ihre Ohren zu säubern. Solch eine Gafferei machte einen ganz verrückt. Prompt fing es im Gehörgang an zu jucken, als krabbelten Ameisen darin auf und ab. Aber man konnte sich vor einer Erzherzogin nicht in den Ohren pulen. Vor der Mutter eines zukünftigen Kaisers.

Dann meldete sich ihre Nase: Sie juckte ganz fürchterlich. Schließlich wagte Sisi es, sich zu kratzen, wenn auch nur mit dem Fächer. Und schon spürte sie einen strengen Blick ihrer Mutter auf sich. Gott sei

Dank rauschte die Tante gerade aus dem Salon, und die Mutter schwänzelte ihr hinterher wie ein Hund. Erstaunlich, wie unterwürfig sie gegenüber dieser Person war.

„Ludovika, nimm deinen neuen Hut ab, bevor du Sophie ins Hinterteil kriechst", hatte der Vater noch in München gelästert. Er konnte so lustig sein, gemeinlustig. Die Mutter war nicht zu beneiden.

Seine Majestät, der Kaiser, war ein freundlicher Mann. „Lieblich und frisch sind diese bayerischen Blumen", sagte er und kniff ihr und Néné in die Wangen. „Und sehr artig und gut erzogen!"

Sisi musste fast lachen. Der allmächtige Kaiser von Österreich hatte sie gelobt!

Leider sah Ferdinand I. nicht so frisch und gesund aus; er hatte tiefe Augenringe und ein zu großer Kopf saß schwer auf seinen Schultern.

Beim Festmahl saß er zunächst recht unbeteiligt in seinem goldenen Sessel an einer langen Tafel. Und was für eine Tafel! Noch nie hatte Sisi so große und zudem goldene Schmuckaufsätze gesehen, beladen mit Blumen und Leckerbissen. Auch das Tafelgeschirr glänzte golden, und das viele Besteck war verwirrend. Sie hatte ständig Sorge, etwas falsch zu machen. So ein Festmahl war kein Spaß.

Es wurde dann doch noch recht lustig. Als ein Kartoffelgericht aufgetragen wurde, kam Leben in den müden Mann. „Mir widerstreben diese preußischen Knollen. Die könnt's in Berlin servieren!" Zu jedem seiner Worte schüttelte er seinen schweren Kopf, wie das Pendel einer Uhr. „Ich bin der Kaiser von Österreich und ich will Knödel!", rief er dann und erinnerte Sisi an ein misslauniges Kind.

Knödel wurden prompt aufgetragen, er verspeiste sie sodann mit kindlichem Genuss.

Dann fielen dem Schlemmer die Augen zu. Ja, der Kaiser machte ein Schläfchen an der Festtafel, das Kinn sackte ihm tief auf die ordenbeschwerte Brust.

Solange Seine Majestät schlief, durfte jedoch kein Bissen verzehrt werden. Manche der hohen Gäste saßen mit wässrigem Mund vor ihren Gabeln, darauf war bissfertig dampfendes Fleisch aufgespießt, das vor ihren Lippen erkaltete. Eine Szene wie aus Dornröschen, nachdem der ganze Königshof einem Fluch zufolge mitten in jeder Verrichtung einschlief. Sisi und ihre Geschwister sahen sich an und konnten ein Kichern nur mühsam unterdrücken. Prompt spürte Sisi einen Fuß ihrer Mutter an ihrem Schienbein, und der entsprechende Schmerz rief sie zur Raison, wenn der Tritt auch mehr ein Anstupser gewesen war.

Nach lähmenden Minuten bekam Tante Sophie einen Hustenanfall, einen wenig damenhaften. Der Kaiser erwachte, und die Speisen wurden nun umso gieriger verschlungen. Trockene Kehlen wurden mit Schaumwein aus Gläsern schwer wie Blumenvasen befeuchtet.

In diesem Moment waren Sisi und ihre von der langen Reise hungrigen und durstigen Geschwister froh, dass sich die resolute Tante so viel traute. Die feine Dame hatte gehustet wie ein bayrischer Pfundskerl an einem Bierausschank. Damit kannte Sisi sich aus, der Vater hatte sie schon in Wirtshäuser mitgenommen, sie hatte sogar aus seinem Maßkrug trinken dürfen und mit großem Appetit Brezen verspeist. „Bayrisches Bier ist Grundnahrung", hatte der Vater gelacht.

Und jetzt war es kurz sogar etwas bayrisch-lebendig an der Kaisertafel.

Auch die Wiener Prinzen waren weniger schrecklich als erwartet, auch wenn Maximilian, Ludwig Viktor und Karl Ludwig nur Floskeln mit ihr austauschten, eingeübte Artigkeiten.

„Wie war Ihre Reise?“

„Wunderbar!“

„Und ist das Wetter nicht großartig?“

„Wunderschön!“

„Der schönste Monat bisher.“

„Oh, ja!“

„Und sind die Tiroler Berge nicht großartig?“

„Wunderschön. Nun, wenn ich hinaufdürft“, fügte sie noch an. „Springt wie die Gämsen, so sagt mein Vater immer, aber Frau Mama hält’s für gefährlich.“

Genau jene plapperte ihr nun dazwischen. „Unsere Sisi ist ein Sonntagskind und dazu am Heiligen Abend geboren. Ja, ein echtes Glückskind. So erklären wir uns ihr sonniges Gemüt. Und einen Zahn hatte sie bei ihrer Geburt schon im Mund. Wenn dies kein gutes Omen ist?“

Sisi wäre gerne im Erdboden versunken. Peinlich, wie die Mutter sich bei den Wienern anbiederte. Selbst Tante Sophie lächelte eher pikiert.

Später winkte die Mutter Sisi zur Seite. „Kind, halt dich an das Eingeübte“, flüsterte sie.

„Sei süß, bescheiden und unauffällig. Und, um Himmels willen, erzähl keine Zirkus- und keine Vater-Geschichten!“ Dies hatte die Mutter sie schon während der Reise hersagen lassen. In der nach Erbrochenem stinkenden Kutsche.

Unmittelbar vor ihrer Abreise hatte der Vater noch Urkomisches berichtet. Tat er dies mit Absicht? Es war eine Episode von seiner Reise in den Orient.

„Kinder, stellt euch vor: Da sitz ich auf der Cheops-Pyramide, wirklich mit dem Hintern auf der Pyramiden-Spitze. Die war recht verwittert, was mein Hinterteil geschont hat. Was mach ich dort oben? Ich schick dem Pharao einen musikalischen Gruß. Spiel ihm ein echt bayrisches Schnadahüpfl auf der Zither! ‚Eine kleine Arschmusik für den Pharao', so nenne ich dies."

Brüllendes Gelächter.

„Max, doch nicht vor den Kindern. Stell dir vor, das erzählen die den Wienern!", hatte die Mutter sich entrüstet.

„Dann haben s' was zu lachen. Wer keinen Humor hat, ist ein Hundsfott!" Somit war auch wieder einmal klar, was er über die Verwandten dachte.

Ja, der Vater ist halt ein Urviech. Man muss ihn lieben oder sich über ihn wundern. Hat er doch eine Tafelrunde mit vierzehn Rittern gegründet, der er als König Artus vorsteht. All dies bringt die Mutter in Verlegenheit, aber die Wiener kennen ja die Verrücktheiten des Vaters nicht. Oder etwa doch?

Dem ältesten Sohn von Tante Sophie ist Sisi nur kurz begegnet. Er hat Innsbruck verlassen, während sie dort ankamen. Tatsächlich sieht dieser Franz Joseph so aus, als hätte er wenig zu lachen. Gehetzt hat er gewirkt, wobei er nicht hässlich ist. Seine Statur geht in die Richtung seines jüngeren Bruders Karl Ludwig: groß und für eine Uniform wie geschaffen. Er sei ein guter Tänzer und der Schwarm der Wiener Komtessen, wird berichtet. Doch was geht sie das an? Sie hat er gar nicht beachtet.

Man sprach letzte Nacht in der Hofburg dann noch über das Essen – von seinem Nickerchen erwacht, schwärmte der Kaiser von seinen Lieblingsgerichten: Knödel mit allerlei Soßen, Knödel mit geschmälzter Butter, Serviettenknödel, Erdäpfelknödel, Speck-, Spinat- und Kaspressknödel in der Suppe, gebackene Grießknödel in Brühe, süße Knödel gefüllt mit Zwetschgen oder Marillen, Topfenknödel, Germknödel mit Mohn und Vanillesoße ...

Dann schwenkte die Konversation zum Thema Hunde.

Sisi liebt Hunde. Sie hat ihren Bummerl, einen schwarzen Terrier, und die Mutter hat ihre weißen Spitze. Die sehen nett aus, sind aber Kläffer. In Possenhofen gehören Hunde zur Familie, dürfen selbst bei den Mahlzeiten dabei sein, erbetteln Leckerbissen und werden liebkost.

Das letzte Geschenk der Mutter an sie waren zwei Lämmer. Die laufen ihr nun hinterher wie junge Hunde und folgen ihr in Possi selbst in den Salon.

Über Pferde sprach man nicht, darüber war zumindest die Mutter froh. Sonst wäre Sisi ins Schwärmen geraten und hätte sich in Richtung Zirkus verplappert. Sicherlich hätte sie auch von ihren Kunststücken berichtet, wieso sollte sie sich dafür schämen? Wer in dieser steifen Gesellschaft war schon so unerschrocken und so talentiert wie sie?

Über Politik verlor man ebenfalls keine Silbe. Der Kaiser hat politische Tischgespräche verboten, heißt es. Sie beschweren sein Gemüt und seine Verdauung, schlimmer noch als preußische Kartoffeln.

„Wien ist eine Schlangengrube, selbst Studenten sind jetzt Schurken und Umstürzler“, hörte Sisi jedoch die Tante der Mutter zuflüstern. Sie hörte wirklich alles, was sie nicht hören sollte. Ihre Ohren waren hellhöriger als der Verstand der Erwachsenen. Das war sehr vorteilhaft!

Der Erste, der mit ihr offen über Politik gesprochen hat, ist Aloys Oberrauch: Student, Revolutionär und ein Dieb. Ja, ein Dieb, ein Doppel-Dieb sogar! Hat er doch die Decke von ihrem Gustl ein zweites Mal gestohlen, als er überhastet aufbrach. Die Begegnung mit dem echten Hochadel, der sich sogar höflich vorstellt, verträgt so einer wohl nicht.

Und stimmt es wirklich, dass schon Kinder hart arbeiten müssen oder an Hunger sterben? Vermutlich hat sich der Herr Revolutionär nur vor ihr aufgeblasen.

Ihre Brüder erzählen ihr ja auch Schauergeschichten, obgleich sie sich nie fürchtet. Sie hat sich nicht einmal gefürchtet, als auf die Insel von Robinson Crusoe und seinem Freitag fremde Wilde kamen. Menschenfresser!

Und stimmt es, dass die klügsten Köpfe der Revolution jetzt nach Paris flüchten? Menschen, die Aloys bewundert. Die Tante hat Paris „Sumpf der Halsabschneider und Lügner" genannt, auch dies hat Sisi belauscht. „Paris ist das Licht Europas", meint dagegen dieser Heinrich Heine, so hat es ihr Aloys erzählt.

Und während all diese Eindrücke der letzten Nacht in Sisis Kopf durcheinanderwirbeln, bricht Heinrich Heine im Louvre zusammen. Ein Schwächeanfall, dabei ist er im besten Alter. Ausgerechnet vor der Venus von Milo passiert ihm das Malheur, wo er – selbst ein schöner Mensch – weiblichen Liebreiz, noch dazu barbusig präsentiert, doch so schätzt.

Sein Zusammenbruch bricht nicht seine Geisteskraft. Er tippt nüchtern auf Syphilis und schreibt fortan ans Bett gefesselt. In seiner „Matratzengruft" entstehen rasiermesserscharfe Analysen und zarteste Poesie. Der Schärfe und der Süße merkt man die Leiden eines armen Lazarus nicht an. Zumindest bemerkt Sisi sie nicht, als sie sich später tatsächlich für diesen „Wortakrobaten und Tänzer auf dem Hochseil der Freiheit“ interessiert. So hat Aloys ihn ihr vorgestellt und damit die Neugier des Zirkuskindes geweckt.

Bald wird Sisi auch erfahren, dass Tante Sophie ein Blutgericht für alle Revolutionäre eingefordert hat. „Madame-Gnadenlos“ nennen sie die Italiener und Ungarn, die sich trauen, gegen Wien aufzumucken.

Der ungarische Liberale Gyula Andrássy rettet sein Leben durch eine Flucht nach Paris. Er wird in Sisis Leben noch eine Rolle spielen, doch auch dies ist Zukunfts- und fast schon Zirkusmusik.

Noch ist das Kind in Innsbruck und es ist verliebt. Ja, verliebt in seinen Gustl. Am gleichen Vormittag eilt Sisi noch einmal in den Stall. Gut gelaunt, denn die Mutter hat ihrer Geschichte, sie hätte sich nachts verlaufen, tatsächlich Glauben geschenkt und Nénés Version misstraut. Erstaunlich.

Zuvor hat Sisi vom Frühstück für Gustl ein paar Leckerbissen stibitzt. Ein paar Stück Zucker, Äpfel, Brot. Im Stall erlebt sie dann die Überraschung: Über dem Pferderücken liegt die von ihr bestickte Decke mit dem großen G und dem großen M.

„Vielleicht gibt’s ja doch ehrliche Revolutionäre?“, sagt sie sich und denkt an Aloys’ himmelblaue Augen.

Doch wo ist ihre Rose? Sie hat sie verloren, wie dumm von ihr. Sie ist sicher die einzige Prinzessin, die je mit einem Revolutionär gesprochen und von ihm auch noch ein Geschenk erhalten hat.

Dass ihre Rose nicht ganz verloren ist, weiß Sisi nicht. Aloys findet sie auf der Bank am Reiterdenkmal des Leopold. Sie vergaß sie, als dieser Habsburger Lackaffe sie davonführte. Oder verschmäht sie sein Geschenk?

Was ist eine Papierrose gegenüber den Schmeicheleien so einer Kaiserlichen Hoheit? Dieser geschniegelte Bursche verfügt über Macht und über ein märchenhaftes Vermögen, ist er auch noch ein halbes Kind.

Und über was verfügt er? Er verkriecht sich in Ställen, schläft in Heustadeln und feuchten Kellern. Friert, hungert und vermisst seine Familie. Und all dies nur, weil er Gerechtigkeit verlangt. In dieser Welt, in diesem Leben und nicht erst im Himmel, womit sich die glaubensstarken Tiroler anscheinend begnügen.

Wieso sind nicht alle Menschen Brüder? Und sind diese Habsburger nicht schon lange genug an der Macht? Auch lähmt das durch Heiraten innerhalb der Verwandtschaft schlecht durchmischte Blut offensichtlich ihre Sinne. Er glaubt an die Moderne, glaubt an eine brüderliche und gerechtere Welt.

Nun ist er in Innsbruck gefangen, dort lieben sie den Kaiser wie Kinder. Wie aufbrausende Kinder. Sie würden Aloys sicher halbtot schlagen, wenn er es wagte, seine Jakobinermütze aufzusetzen und das rote Hemd der Revolution zu tragen. Sein Blut-Hemd, getränkt mit echtem Blut.

Derartige Gedanken zermartern den Studenten, als er die Rose findet. Sisis weiße Rose. Er wird sie ihr zurückgeben. Nur wann? Vielleicht schon in der nächsten Nacht?

Er freut sich auf ein Wiedersehen. Dieses Wesen ist herzerfrischend, und er ist zutiefst einsam. Wem sonst kann er sich mitteilen, ohne verhaftet oder zumindest bedroht zu werden? Doch eine wie sie macht sich sicher nichts aus einer schlichten Papierblume. Nun, zumindest hat diese keine Dornen.

Am gleichen Tag noch umstellen Truppen die Hofburg.

„Um Mittag bezogen Tiroler Schützen aus der Gemeinde Götzens die Burgwache. Sie kamen mit einer eigenen Musik, schöne Leute in hübscher Haltung und bunter Tracht. Abwechselnd wird die Burgwache nun von der Nationalgarde und den Schützen unterstützt. Sie kommen aus den Nachbargemeinden wie Wilten, Amras, Pradl, Hötting, Arzl, Thaur und Sellrain in dem festen Willen, unseren Monarchen zu schützen. Selbst Salinenarbeiter und Bergknappen von Hall beziehen Stellung, auch sie mit eigener Musik."

Dies liest Ludovika ihren Kindern aus dem *Boten von Tirol und Vorarlberg* vor. Ihre Stimme stockt vor Rührung, als sie noch das Bekenntnis eines Schützenhauptmannes anfügt. „Solange noch ein Tiroler lebt, soll unserem geliebten Kaiser kein Haar gekrümmt werden, und nur über unsere Leichen kommen die Tollköpfe und Revoluzzer nach Tirol!"

Kaum legt die Mutter die Zeitung nieder, stürmen Gackel und Lulu an die Fenster. Mit Freudengebrüll. Sie hoffen auf Zerstreuung in diesem „begehbaren Gebetbuch", wie sie es nennen. Im Adeligen Damenstift geht es zu sittsam zu für wilde bayrische Knaben. Maria Theresia hat es gegründet, damit die Stiftsdamen mehrmals am Tag für das Seelenheil ihres Mannes, Kaiser Franz I. von Lothringen, beten, der in Innsbruck verstarb. Dummerweise bei der Hochzeit seines Sohnes, so erzählt man sich. Es wurde tagelang gefeiert bei Fest- und Trinkgelagen, Bällen, Opernbelustigungen – das war dann für die Gesundheit des Monarchen womöglich zu viel.

Doch nun kommen die Schützen! Die Burschen erhoffen sich sonnengegerbte Landburschen mit Stutzen, bunt zusammengewürfelten Uniformen und derben Sprüchen. Diese rustikalen Szenen sollen noch eindrücklicher sein durch alpenländische Musik. So ein Spektakel bekommen sie in München nicht geboten.

Und Sisi? Sonst immer schnell begeistert und ein Wildling, selbst unter ihren Brüdern, verharrt still. Sie ahnt, dass die Tiroler Schützen und deren Wachsamkeit ihre Abenteuer in Innsbruck beenden. Nun gibt es aus diesem Weibergefängnis kein Entrinnen mehr.

Sie erträgt tagsüber die Damendressur – langweilige Etikette, enge Schuhe und Kleider mit Unmengen an Stoff in der Sommerhitze – nur in der Hoffnung auf eine weitere Flucht im Schutz der Dunkelheit.

Und was wird aus ihrem Revolutionär? Diesem ehrlichen Schurken? Sie hat schon viel von ihm gelernt, zudem sind seine Augen so himmelblau wie das Blau in der bayrischen Flagge. So einer kann doch nie ein durchweg schlechter Mensch sein?

„Herrje, meine wilde Sisi weint, sind das Freudentränen? Ich dachte mir schon, dass die mannhaften Tiroler Schützen dich erfreuen. Schlimm genug!“, mutmaßt die Mutter.

Typisch, sie hat überhaupt nichts verstanden, denkt Sisi.

Bald wieder daheim in Bayern wird Sisi Briefe erhalten. Viele Briefe. Manchen sind Geschenke beigelegt. Sie stammen von Karl Ludwig. Was sollte ihr Revolutionär schon schreiben? Sicher haben ihn die Tiroler Schützen vertrieben. Leider.

Gegen Ende des bewegten Jahres 1848 schreibt ihr Karl Ludwig, sein älterer Bruder Franz Joseph hätte den Kaiserthron bestiegen, aber er erwähnt es nur beiläufig, denn es ist ein Weihnachtsbrief. Sisi freut sich viel mehr über das beigelegte Zuckerwerk und die Schokolade.

Manchmal denkt sie an den müden, kranken Kaiser. Der kann sich nun besser ausruhen, seit er einen Nachfolger hat und nicht mehr an Festtafeln schlafen muss. Und ganz neue Knödelgerichte könnte er erfinden ...

Bald schickt Karl Ludwig ihr auch Schmuck. Eine Uhr an einer Kette, dann einen goldenen Ring! Ein Ring – das ist ja noch unpraktischer.

Sie trägt ihn kaum. Ringe stören nur! Sie stören beim Reiten und beim Klettern auf Bäume, sie können sich im Astwerk verhaken. Ja, sie klettert immer noch wie eine Katze. Und niemand, der etwas vom Klettern versteht, trägt albernen Fingerschmuck.

„Liebes Kind, dieses Geschenk ist wunderbar. Mehr, als ich je zu hoffen wagte! Vor allem, wenn man dich gut kennt“, meint die Mutter gerührt. „Und dieses Wunder begann in Innsbruck“, seufzt sie noch und bricht in Tränen aus.

Für die Mutter ist es mit dem Ring nun abgemacht: Ein verliebter Fünfzehnjähriger erwählt eine Elfjährige als Braut. Er schluckte den Hochzeitsköder! Und da die Erwählte noch nicht alt genug ist, wird so ein Verlobungsring halt vorab im Briefkuvert verschickt.

Ludovika putzt sich die Nase und schnauft tief durch. Sie trägt einer Dienerin auf, ihr das Korsett zu lockern, sie will ihren Triumph genießen. Lange hat sie heiratsfähige Prinzen gesucht, Pläne geschmiedet, Briefe an fast alle europäischen Adelshäuser geschrieben und Bilder ihrer Töchter herumgeschickt. Diese Anbahnungskorrespondenz ist überaus mühsam.

„Es ist eine Plage, wenn man so viel weibliches Hochzeitsvieh aus dem Stall herauskriegen muss", scherzt ihr Mann. Sisi hat ja auch noch jüngere Schwestern.

Nun endlich rechnet sich das Strategiespiel mit ihrer Schwester Sophie. In Zeiten wie diesen schmiegen sich die Habsburger gerne an die starken Bayern an. An die Italiener oder nicht minder revolutionären Franzosen war ja nicht mehr zu denken.

Sie atmet noch einmal tief durch. Jetzt gilt es die Fäden zwischen dem neuen Kaiser und ihrer Néné zu spinnen. Ihre Älteste, hübscher und weiblicher als Sisi, ist ein noch schmackhafterer Hochzeitsköder.

Ludovika ist voller Zuversicht, doch auch nervös. Ihr Herz beschwert die Sorge: Wie soll sie Sisi nun auf die höfischen Sitten drillen? In Wien herrscht noch das steife spanische Hofzeremoniell. Erstarrung. Der schale Atem der Jahrhunderte. Zudem wäre Sisi als Bayerin nicht allen Wienern genehm – ganz zu schweigen von ihrem wilden Blut, ihren Flausen im Kopf.

Ihr Mann Max verzieht die Kinder und macht sie eigensinnig.

„Bei uns haben die Hauslehrer nicht viel zu melden und die Pfaffen erst recht nicht!", so lautet seine Devise. Dabei treibt Max es so weit, dass er bei Schönwetter gerne in deren Unterricht hineinplatzt und die Kinder zum Plündern der Obstplantage des Nachbarn, zu Ritterspielen oder zu Schneeballschlachten ermuntert. Je nach Jahreszeit. Auch die Mädchen, wobei gerade Sisi gerne mittut. Liegt darin nicht schon ein Hauch von Revolution?

Nun muss Sisi Französisch lernen, die Wiener Noblesse spricht Französisch. Max hat darauf bestanden, dass die Kinder Englisch lernen. England sei das Land der Pferde, der Fuchsjagden, der natürlichen Parks. Was für eine exotische Wahl, damit ist im europäischen Hochadel wenig anzufangen.

Dann muss Sisi Damen empfangen, um sich an höfische Konversation und an Etikette zu gewöhnen. Auch hat sie kaum Ahnung von Politik, Geschichte und Völkerkunde, weiß nicht einmal auf der Landkarte anzuzeigen, wo Wien liegt.

„Auf der Karte sehen alle Städte aus wie ein Mückenschiss, und dieses Wien ist halt ein großer Fliegendreck!“ So hat sie erst gestern ihren Lehrer veralbert.

Wie wird aus so einer Rotznase eine respektable Braut? Aus einer, die nicht gerne studiert. Nichts außer neue Zirkustricks.

Selbst Klavierspielen mag Sisi nicht, wo dies in Wien doch alle Damen beherrschen. Der Metropole der Musik. Nein, Sisi spielt kein einziges Instrument, hat keine schöne Singstimme. Sie lebt ganz in ihrem drahtigen, biegsamen Körper, ihrem Männermut. Ach, es ist ein Kreuz mit diesem Kind!

Und dann ist sie noch störrisch: „Liebste Mama, in Tirol war’s fein, aber heiraten mag ich nicht. Und wenn, dann nur einen Zirkusreiter“, sagt sie zu der ganzen Aufregung. „Ist man verheiratet, fühlt man sich so verlassen, so gedemütigt, hör ich dich oft klagen“, fällt Sisi noch ein. Hat das Kind vielleicht einmal bei den Dienstboten gehört, dass ihre Mutter ihre erzwungene Ehe mit Max verfluchte? Als Königstochter hätte sie eine bessere Partie verdient als diesen Lebemann. Nein, so enden wie die Mutter mag Sisi nicht.

Und was meint der Vater zu Sisis „Wunder von Innsbruck“? Wo sie doch ganz die Tochter ihres Vaters ist ...

„Heiratsvieh ist am schönsten, wenn man es nicht heiraten muss! Und wer keinen Humor hat, der ist ein Hundsfott.“

II.

Innsbruck, 15. Oktober 1870

„Hängt die Girlanden hoch! Nein ... doch lieber tiefer, und stellt die Blumengestecke dorthin. Herrgott ... niemals! Sie müssen mehr ins Licht. Hängt noch mehr Fähnchen auf und staubt endlich das Rednerpult des Herrn Bürgermeisters ab!"

Zur Bekräftigung seiner Worte hält der Mann seinen Zeigefinger hoch. Einen Zeigefinger im weißen Handschuh, wohlgemerkt. An dem erigierten Finger haftet Staub. Eine dunkle Spur, die er vorwurfsvoll anblickt.

„Sollte der Herr Bürgermeister husten müssen, steht er in einer Staubwolke. Hier wird nicht geschlampt, heute muss alles perfekt sein. Hört ihr? Perfekt!", maßregelt der Mann die Arbeiter.

„Mir ham bloß zwoa Händ", muckt einer der Gescholtenen auf und streckt beide dem Mann demonstrativ entgegen. Schmutzige Arbeiterhände.

„Gescheit red'n im feinen G'wand und hoff'n, dass'n die Arbeit ned anspringt", raunen sich zwei andere Arbeiter zu.

Der feine Herr weicht indigniert einen Schritt zurück, will seinen dunklen Frack nicht beschmutzen.

„Sapperlot, könnt ihr euch nicht anstrengen für so ein Ereignis? Männer, die Kaiserin kommt! Und Ihre Majestät ist die schönste Frau der Welt!", ruft er und klatscht mehrmals in die Hände, als wolle er einen beschleunigten Arbeitsrhythmus vorgeben.

„Des mit der Schönheit seh'n ma dann, wenn s' da is", sagt ein anderer Arbeiter und zieht die Nase hoch, so dass der Rotz in seinem Riechorgan rasselt.

„Frechheit!", schimpft der feine Herr. „Wollt ihr Lohn, dann langt hin!" Der Hinweis auf die Bezahlung bewirkt, dass sich nun gleich zwei Männer am Rednerpult des Bürgermeisters zu schaffen machen.

Wir kennen den Frackträger, der die Arbeiter antreibt, mag er uns auch erstaunen in seiner Rolle: Es ist Aloys Oberrauch!

Ja, der Revolutionär wurde zum Bürger, einem Vorzeigebürger sogar! Man schätzt ihn als Advokat, zudem leitet er den Innsbrucker Verschönerungsverein.

Soll dies ein Witz sein? Ein aus Wien verbannter Barrikadenkämpfer erlangt am Ort seiner Verbannung solch ein Ansehen? Im kaisertreuen Innsbruck, der Besserungsanstalt für missliebige Studenten, politische Querulanten und Querdenker? Dort soll sie die Tiroler Gesinnung rundschleifen wie der Inn die Flusskiesel. Und Aloys schenkt diesem Ort geistiger Erosion auch noch sein Herzblut?

Das wäre nichts Neues. Mancher bewegte Citoyen wurde nach dem Niederschlagen der 1848er Revolution zum Biedermann und zog sich in seine Wohnstube zurück. Die geballte Faust von einst streichelt nun als schlaffe Hand über weiche Kissen. Oder sie verhätschelt dick gefütterte Möpse.

Nicht so bei Aloys Oberrauch! Die Ideale des zornigen jungen Mannes verklärten sich zu dem Willen, die ganze Welt zu verbessern. Zu einem helleren und freudigeren Ort zu machen – mittels Ästhetik.

„Kannst du die Welt nicht verändern, dann verschönere sie!“, belehrt Aloys nun die Arbeiter, die sich verwundert anblicken. Diese Erkenntnis, eigentlich erdacht von Erasmus von Rotterdam, hat er zu seinem Lebensmotto erkoren.

„Verschönern? Tirol is des schönste Landl auf der Welt, des müsst sogar a Kaiserin seh'n, wenn s' die Augen aufmacht", schimpft einer der Männer.

„Und der feine Herr aus Wien a", murrt ein anderer.

„Frechheit", gibt Aloys erneut von sich, wenn auch eher kleinlaut. Er weiß, eine Debatte mit Menschen dieses Schlages ist nicht zu gewinnen. Hauptsache, *er* kennt den Nutzen der Schönheits-Optimierung.

Ja, sie gefällt ihm so gut, dass er sie zunächst auf seine Vergangenheit übertrug: Er verschönerte sie! So verschwanden die Strafakten des Revolutionärs aus dem „Giftschrank" der Universität und aus dem Gerichtsarchiv. Verschwanden und verbrannten. Verbrannten mit weißem Rauch wie bei der Wahl eines neuen Papstes. Dem weißen Rauch der Unschuld, wie Aloys freudig feststellte.

Seit er seine dunkle Vergangenheit schönte, verschönert Aloys eigentlich alles. Dieser Tage keine leichte Aufgabe. Es ist eine Mission, die seine Stimme zum Kommandoton anschwellen lässt, er wird schon heiser. Geht es doch darum, ganz Innsbruck in einen riesigen Festsaal zu verwandeln. Ja, selbst die Berge!

Hat Österreich zum Feiern einen Grund? Nun, eigentlich ist es eine Zeit der Blamage und des Blutvergießens.

Otto von Bismarck drängte das Land in einen „Bruderkrieg", der endete mit der Schlacht von Königgrätz bekanntlich fatal. Zigtausende junge Österreicher verloren ihr Leben.

„Junge Löwen wurden von Eseln geführt!", wettern die Menschen gegen die oberste Kriegsführung. Der Kaiser selbst ist so unbeliebt wie selten.

Dann drängte Bismarck die Habsburger ganz aus Deutschland hinaus. Eine Nation möchte man werden unter dem Vorsitz Preußens – und ohne die alte Vormundschaft aus Wien.

In Italien träumt man den gleichen Traum. Doch Träume wie diese sind keine Blütenträume. Sie werden mit Blut bezahlt.

Neuerdings ging Venetien verlustig. Die prächtige Serenissima, ach! Zuvor verlor man das Großherzogtum Toskana und das Königreich Neapel. Dabei hofften viele Österreicher, ihre schöne Kaiserin könne die Venezianer so betören, wie sie die hitzköpfigen Ungarn betörte. Noch ist das Bild in den Köpfen, wie Sisi sich mit dem damals dreijährigen Thronfolger Rudolf in einer Gondel über den Canal Grande schippern ließ. Dafür könnte man heute keinen Gondoliere mehr gewinnen. Dabei war Sisi so bezaubernd wie die schönste Muse von Tizian. Der große Venezianer hätte sie sicher gerne gemalt.

Nun tobt der deutsch-französische Krieg, und es sieht ganz danach aus, als ob Preußen auch diesen gewänne und sich zum neuen Zuchtmeister über Europa aufschwingt. Dem Krisensommer 1870 folgt ein Krisenherbst. Viele Frauen sind verwitwet, Kinder müssen ohne Väter und Brüder aufwachsen. Das Volk ist verarmt und von der Regierung enttäuscht. Wieder einmal herrscht Revolutionsstimmung in Wien.

Und in Tirol? Das Land im Gebirge taumelt vor Glück, und Innsbruck gleicht einem Bienenstock! Ein Schwärmen, Lärmen und Durcheinanderpurzeln von solchen, die arbeiten, und solchen, die nur so tun, da sie etwas zu befehlen haben.

Aloys befiehlt! Er ist der Zeremonienmeister des schönen Scheins. Er befiehlt Schönheit: Lässt Pavillons errichten, Gaslichter entzünden, Springbrunnen sprudeln, Blumenrabatten anpflanzen, Bänke zum Verweilen aufstellen. Sogar den neuen Bahnhof hat er nach der Mode der Zeit mitgestaltet, zumindest bei der Innenausstattung. Respekt, der Mann hat Visionen! Tatsächlich gilt der Innsbrucker Bahnhof, von Franz Czerwenka entworfen, als einer der ansehnlichsten und effektivsten der ganzen Monarchie.

Ja, man staune, Innsbruck ist jetzt modern! Die Adern der Moderne verbinden es mit der halben Welt, sie sind aus Stahl gemacht, und auf ihnen fährt die Eisenbahn. Die Alpenstadt ist zu einem wichtigen Verkehrsknotenpunkt geworden: Züge kommen aus Wien und über Kufstein aus München.

Zudem wird seit drei Jahren der ewige Traum vom Süden ganz neu gelebt. Im August 1867 ging die Brennerbahn in Betrieb, wenn auch ohne Blasmusik, ohne Ehrensalven der Schützen, ohne Festreden, ohne hohen Besuch aus Wien.

Wie war das möglich, bei so einem spektakulären Projekt? Sogar den Schweizern war man damit voraus. Nun, im Juni war Kaiser Maximilian in Mexiko erschossen worden, der Lieblingsbruder von Kaiser Franz Joseph, so befand Österreich sich in Staatstrauer.

Doch dies tut der Beliebtheit der Bahn keinen Abbruch! Dort, wo Kaiser und Könige – von Künstlern wie Albrecht Dürer oder Goethe ganz zu schweigen – einst unter Schweiß und Gefahren die Höhengrate überwanden, die den Norden vom Süden trennen, befördert nun die Brennerbahn Reisende nach Italien, bringt sie mühelos in das Sehnsuchtsland, dorthin, wo die Zitronen blühen – und noch viel mehr.

Ganze Menschenmassen nutzen die Brennerbahn: Sonnenhungrige, Wichtigtuer, die echte Noblesse, Kulturpilger auf der Suche nach Arkadien und Kaufleute.

„Die Südbahngesellschaft korrigiert den Plan des Schöpfers, das Germanische und das Mediterrane durch Geröll und Ungemach zu trennen: Der moderne Mensch dreht dem Herrgott eine Nase und fährt bequem an dessen bedrohlicher Schöpfung vorbei", schrieb der *Bote von Vorarlberg und Tirol*.

Dass dies Proteste von Seiten der Kirche erzeugt, versteht sich von selbst.

Und dennoch: Die Gefahren des Gebirges schrumpfen zur Postkartenidylle. Der Rausch der Geschwindigkeit, die Neugier auf „gezähmte Berge" und die endlich erfüllbare Sehnsucht nach dem Süden wird zu Innsbrucks Glück. Heureka! Die Eisenbahn küsst die Bergfestung aus dem Dornröschenschlaf, in den sie durch die Jahrhunderte immer wieder fiel.

„Heute kommt sie endlich, sie kommt mit der Eisenbahn: Die Kaiserin von Österreich und Ungarn kommt in unser Tirol!", rufen Menschen, die an Aloys und seinem Arbeitstrupp vorbeiströmen. Ihr Gang ist beschwingt von der Vorfreude und dem Willen, sich und ihre Besitztümer von der besten Seite zu präsentieren. Die neue Bahnstrecke Wien-München trägt sogar ihren Namen: Kaiserin-Elisabeth-Westbahn!

Doch reist die Kaiserin in einem normalen Zug? Niemals! Sie reist in ihrem eigenen Sonderzug mit acht Hofsalonwägen in luxuriöser Ausstattung. Ihr persönlicher Schlafwagen und ihr Salon sind rollende kleine

Paläste und dabei moderner als die Hofburg, zeitgemäßer als jedes Schloss, das die Habsburger bewohnen – verfügen diese Salonwägen doch über elektrische Beleuchtung, eine Dampfheizung, damit die hohe Frau niemals fröstelt, und eine Toilette.

Eine höchst moderne Toilette mit Wasserspülung, während der Kaiser in der Hofburg, man geniert sich, es auszusprechen, noch den Toilettenstuhl benutzt. Nun, er ist technischen Neuerungen gegenüber zurückhaltend und zudem ausgeprägt sparsam.

„Der Kaiser über halb Europa regiert sein Riesenreich in geflickter Unterwäsche", soll ein Kammerdiener sich erdreistet haben zu scherzen. Die Tatsache, dass er daraufhin entlassen und seine Stelle sofort eingespart wurde, spricht für den wahren Kern dieses Hofburg-Gerüchts.

Doch für seine Sisi auf Reisen ist Franz Joseph I. das Beste gerade gut genug! Ach, wie muss er sie lieben!

Und Sisi? Sie genießt die aus Staatsgeldern und aus der Privatschatulle des Kaisers finanzierten Annehmlichkeiten, dabei ist ihr größter Luxus etwas für eine Frau ihres Standes Unübliches: Freiheit! Freiheit von der Hofburg und Freiheit von dem Mann, der sich für ihre Reisen sogar verschuldet. Freiheit ist auch der Wunsch, der die Kaiserin nach Innsbruck führt.

Aloys Oberrauch ist kein freier Mann: Er arbeitet hart an seiner Mission, Innsbruck für die Kaiserin in ein Juwel zu verwandeln.

„Ich möchte ihr diese Stadt wie eine Brosche an ihre Brust stecken", soll er zum Bürgermeister gesagt haben. Ja, Aloys ist ein Sklave, ein Sklave seiner Hoffnung auf ein Wiedersehen.

Zunächst hat er gehofft, dieses verrückte Kind käme erneut auf „Sommerfrische“ – auch ohne Revolution. Er wollte Sisi heranwachsen sehen. Wie entwickelte sich so ein Wirbelwind? Nicht ohne Eitelkeit wollte Aloys auch erfahren, wie sie aus der Lügengeschichte mit ihm als ihrem Hauslehrer herauskam.

War dieser Habsburger Lackaffe ihr auf den Leim gegangen?

Im vierten Sommer seines Wartens erfuhr Aloys dann, dass Sisi geheiratet hatte. Erstaunlich! Sie war ja immer noch blutjung. Und dann ausgerechnet einen Cousin. Wieder einmal vermischte sich verwandtes Blut. Doch sie hatte nicht jenen genommen, der sie in Innsbruck so angeglüht hatte, jenen Karl Ludwig – der dachte sicher noch an den Handschlag von Sisis „Hauslehrer“ –, nein, dessen ältester Bruder, der jetzige Kaiser, schnappte dem Zweitgeborenen den Wildfang weg.

Eine Liebesheirat sei es, hörte Aloys voller Verwunderung. Die Sisi, die er erlebt hatte, hinterließ den Eindruck, sie gebe mehr auf Tiere als auf Menschen.

Zumindest ist Franz Joseph I. ein umgänglicher Mensch, so scheint es. Volksnah. So hat Seine Majestät, der Kaiser, schon dutzende Male Tirol besucht.

Die Liebe der Innsbrucker zu ihrem Kaiser ist also ungebrochen. Und man ist stolz darauf, Stätte der einzigen Hofburg außerhalb Wiens zu sein!

Leider wurde der Kaiser bei seinen Besuchen bisher nie von seiner Gattin begleitet. Kein einziges Mal.

Wieso meidet Sisi Tirol? Womöglich ist er sogar der Grund? Auch da ist Aloys nicht uneitel. Verwirrte er das Mädchen bei ihrem zufälligen Tête-à-tête? Jeden

Schritt, jeden Satz hat er in seinem Kopf nachgespielt. Voller gutem Willen brachte er damals sogar die Pferdedecke zurück und fror die nächsten Nächte, dabei hatte ihr Gaul es im Stall wärmer und allemal besser als ein Vertriebener wie er. Doch er sah sie nie wieder, trotz nächtelangen Wartens.

Fortan schlug sein Herz bei jedem Besuch des Kaisers in Innsbruck höher. Doch ließ sich die Kaiserin wieder und immer wieder entschuldigen, und jeder Euphorie folgte Katzenjammer.

Im ganzen Land wurde so die Abwesenheit der Kaiserin zu einem Dorn im Fleisch der Tiroler. Dabei schlägt ihr Herz für das Kaiserhaus, und dies schon seit fast 500 Jahren. Wieso also entzieht sich ihnen diese Frau? Gerade ihnen?

Die Kaiserin sei kränklich, hieß es, habe Husten, habe es auf der Lunge. Doch da wäre Tirol der ideale Ort für ihr Leiden gewesen. Tirols würzige Bergluft kuriert Lungenkranke.

Und wieso reiste die Kaiserin dann durch die Welt? Man sichtete sie sogar bei stürmischen Schiffsfahrten auf Korfu, auf Madeira und vor Triest. Sie war fast zwei Jahre unterwegs, offensichtlich putzmunter und ohne die Begleitung des Kaisers!

Später weilte sie für Monate in Ungarn auf Schloss Gödöllö, auch dies ohne ihren Mann. Man hörte sogar munkeln, sie hätte dort einen Verehrer: Gyula Andrássy. War der früher nicht Revolutionär? Ein Querkopf allemal, der es jetzt bis zum Außenminister brachte. Es wird auch gemunkelt, dass die Kaiserin, als Königin von Ungarn, an dessen sagenhafter Rehabilitation nicht ganz unbeteiligt sei.

Und sollte eine Mutter von vier Kindern sich nicht aus der Weltpolitik fernhalten? Dass ihre Sophie – benannt nach der Schwiegermutter – als Kleinkind starb, hängt doch auch mit der Liebe der Kaiserin für Ungarn zusammen, da sie die Zweijährige gegen den Rat der Schwiegermutter nach Budapest mitnahm, wo sie erkrankte und verstarb.

Überhaupt: Wieso bevorzugt sie diese Ungarn so offensichtlich? Die waren doch immer schon ein Volk voller Hitzköpfe und stehen wankelmütig zum Kaiserhaus.

Hingegen in Tirol war man dem Kaiserhaus immer treu ergeben, auch im Sturm und nicht nur bei Sonnenschein.

Seit wann ist es überhaupt schicklich, dass die Kaiserin von Österreich mehr in der Fremde weilt als daheim? Der arme Kaiser, er ist ja ein liebender Ehemann, und den Kindern fehlt die Mutter.

So oder so ähnlich wird nicht nur am Küchentisch, sondern auch am Stammtisch und im Kaffeehaus über die Kaiserin gesprochen. Nur in die österreichischen Zeitungen gelangen diese Schmähungen nicht.

Die Auslandspresse ist da weniger kulant und außerdem unzensiert. So gratulierte die englische *Times* Österreich zu seiner „Reise-Kaiserin und Botschafterin der neuen Lust an der Fremde“, und der *Berliner Anzeiger* schrieb: „Die Kaiserin von Österreich agiert wohl auch international als Gesandte. Aber wofür?“

In Tirol war man fern von solchen Schmierereien der Gazetten. Aber man war bodenständig, und man wusste, wo der Platz einer Frau war.

Doch die Freude über die Ankunft dieser ungewöhnlichen Frau lässt ihre Kritiker jetzt verstummen. Zumindest übertönt die Vorfreude und wohl auch die Neugier deren Gerede.

„Hurra, endlich kommt sie, die Kaiserin kommt!“

Eine Gruppe halbwüchsiger Gymnasiasten, geführt von einem Lehrer, reißt Aloys aus seiner Grübelei. Entspringt der mit hellen Knabenstimmen vorgebrachte Jubel echter Vorfreude oder ist sie eingeübt für später?

Ist doch egal, heute überstrahlt die Freude alle Zweifel, denkt Aloys. Er zieht seinen Hut und erwidert: „Ja, unsere Kaiserin kommt!“

„Wird auch Zeit, dass sie wiederkommt. Ich hab alt werden müssen wie ein Stein, so alt wie die versteinerte Frau Hitt, um die wiederzusehen“, sagt eine Frau mit schlohweißen Haaren. Sie geht gebeugt und wird von einem jungen Mann geführt.

„Großmutter, so redet man nicht über die Kaiserin“, flüstert der.

„Ich red, wie ich mag, und ich kenn sie persönlich.“

„Mit Verlaub, Sie kennen die Kaiserin?“ Aloys ist hellhörig geworden.

„Ja, wenn ich’s doch sag! Ich hab ihr sogar eine Rose geschenkt“, behauptet die Alte.

„Großmutter, das musst du nicht jeder Menschenseele erzählen. Wir müssen jetzt weiter. Man wartet mit dem Essen auf uns“, sagt der Junge und zieht die Alte mit sich.

„Aber wenn’s stimmt. Wenn s’ mich sieht, wird s’ mich erkennen. Wart nur, Bub. Und wenn s’ länger bleibt, kriegt s’ wieder eine Rose. Aber nur dann. Die muss sie sich verdienen“, sagt die Alte noch.

„Psst“, zischt der Enkel.

„Ist doch wahr, ich hab lang g'wartet, dann muss sie auch lang bleiben“, sagt die Alte verdrossen.

Aloys ist wie vom Blitz getroffen. Das muss die Blumenverkäuferin von einst sein. Er hat sie nur einmal wiedergesehen, vor vielen Jahren und aus der Ferne.

Wie lange bleibt die Kaiserin überhaupt? Hieß es nicht, sie sei auf der Durchreise nach Meran? Verliere ich für einen Blitzbesuch nun bald meine Stimme und vielleicht auch meinen Verstand?

Aloys fühlt, wie sich ein flaues Gefühl in seinem Magen ausbreitet, zudem ist er erschöpft. Seit Wochen schon plant er, zeichnet Entwürfe, verschönt jeden Winkel, den ihr kaiserliches Auge streifen könnte, und treibt Gelder auf.

Wie erklärt sich sein Übereifer? Schließlich ist er ein gestandener Mann von 41 Jahren. Doch seit über der Hälfte seines Lebens spaziert Sisi durch seinen Kopf.

Als er sie kennengelernt hat, war sie ein Wildfang und auch eine Nervensäge. Noch nie traf er ein so eigenwilliges Kind. Ein Mädchen schon gar nicht. Diese Sisi von 1848 war ein freier Geist!

Dabei beherrschte sie etwas, was nur ganz wenige Menschen beherrschen: die Poesie des Augenblicks!

Sie schrieb mit ihrem Zeh, streunte wie eine Katze durch die Nacht, und alles, was ihre Aufmerksamkeit erhaschte, wurde zu einem kleinen Fest. Einem Fest des Lebens: das Farbenspiel in der Dämmerung, das „Iah!“ eines Esels, die Pose eines Bronzepferdes, das seine Vorderhufe bedenklich in die Höhe warf. Dabei roch ihr Haar entsprechend: nach Heu, Pferdepisse und Tabak – also irgendwie nach Revolution. Das musste einem wie ihm ja gefallen im verrücktesten Sommer seines Lebens.

Sie war eine Prinzessin – obwohl er das ganze Adelsgeschmeiß und die blutsaugende Bourgeoisie verabscheute –, der ihr Aussehen egal war und die es in kindlichem Übermut genoss, ein schmutziger Saufratz zu sein. Sie brach aus dem goldenen Käfig der dressierten höheren Töchter aus.

Damals spielte Sisi nach ihren eigenen Regeln. Und sie spielte gut gelaunt.

Aloys wertete die Zufallsbegegnung als Zeichen, das Beste aus seiner Situation zu machen. Wem nützte ein toter Revolutionär? Einer, der standgehalten, aber dies leider nicht überlebt hatte? Was würde seine Mutter denken, wenn man ihr die Nachricht überbrächte?

So beschloss Aloys, fortan nach seinen Regeln zu spielen – und zwar inmitten der besseren Gesellschaft. Man durfte sich nur nicht erwischen lassen.

Doch sein Schulterschluss mit den honorigen Bürgern hat einen Preis: Häufig muss er seine wahren Gefühle verleugnen, und die stolzen Innsbrucker schätzen ihn als „Zugereisten“ nur, solange er nützlich ist.

Hufgetrappel erschreckt Aloys in seiner Kontemplation. Vor ihm hält eine Droschke, und ihr entsteigt ein wohlgekleideter Mann im gesetzten Alter, er eilt energisch auf Aloys zu. Es ist Bürgermeister Doktor Tschurtschenthaler.

Aloys' Gruß erwidert er nur mit einem Kopfnicken, dann bricht Ungeduld aus ihm heraus: „Oberrauch, geht's voran?“

Aloys gelingt seinerseits nur ein Kopfnicken, denn ohne eine Antwort abzuwarten, fährt der Bürgermeister fort. „Eben kam Nachricht über den Telegraph. Die Kufsteiner wollen bei der Durchfahrt der Kaiserin von ihrer Festung Kanonenschüsse abfeuern und ihr Bahnhof ist mit Blumen verziert, die zu einem E zusammengebunden sind – einem E für Elisabeth –, und Musik spielt auf. Die Haller schießen Böller ab, beflaggen ihren alten Münzturm und beleuchten ihn mit bengalischem Feuer."

Der Bürgermeister schöpft Atem, nimmt seinen Zylinder vom Kopf, fährt sich durch ergraute Haare und schnauft im Befehlston: „Oberrauch, das müssen wir übertreffen!"

Ein luzides Lächeln umspielt Aloys' Mund. Er, der mit den Arbeitern so ungeduldig umging, scheint nun die Ruhe selbst zu sein.

„Sie lachen mich aus, Oberrauch?"

„Geschätzter Herr Bürgermeister, lassen Sie doch den Tirolern im Unterland ihre kleinen Späße, denn nur bei uns steigt Ihre Majestät aus."

„Kleine Späße? Gerade durch das Verweilen der Kaiserin können wir uns blamieren. Bis auf die Knochen blamieren. Dann lacht das ganze Kaiserreich über die Hinterwäldler in Innsbruck. Die hohe Frau kommt ja nicht allein. Es begleiten sie ihre Töchter, die Erzherzoginnen Gisela und Valerie, dazu ein Geschmeiß an Wiener Hofschranzen, von denen ist jede ein Lästermaul!"

Aloys lächelt weiter in das vor Aufregung gerötete Gesicht. Seine Augen blitzen in dem Blau, das einmal ein junges Mädchen begeisterte.

„Oberrauch, Ihre Bierruhe geht mir auf die Nerven. Stellen Sie sich vor: Die kaiserliche Entourage umfasst 106 Personen! Das ist ein ganzes Dorf. Und dann reist Majestät noch mit Tieren."

„Mit Tieren?“

Tschurtschenthaler beginnt zu flüstern: „Man könnte meinen, es käme ein verdammter Wanderzirkus.“

Aloys muss an das Mädchen denken, das für den Zirkus brannte. Aber jetzt ist sie Kaiserin.

„In ihrem Sonderzug reisen auch Hunde, Pferde und Kühe“, brummt Tschurtschenthaler.

„Kühe?“, entfährt es Aloys – in ihm das Bild, wie Sisi in einer Manege auf einer Kuh reitet, und das Milchvieh springt auf Schenkeldruck mit wogendem Euter durch einen riesigen Reifen. Er kann ein Auflachen nicht unterdrücken.

„Ja, lachen Sie nur. Die Kaiserin liebt es, kuhwarme Milch zu trinken, am Morgen und abends vor dem Einschlafen. Aber sie muss von Kühen kommen, die sie persönlich kennt! Ha! Geimpft müssen die sein, peinlich sauber und eine Milch geben, die ihr schmeckt. Und ihr schmeckt nicht jede. So hat man es mir erzählt. Und sie kennt jede Kuh beim Namen und am Geschmack ihrer Milch.“

„Die Kaiserin bringt eigene Kühe in das Milchland Tirol?“ Aloys kann es immer noch nicht fassen. Hinter seinen Schläfen pocht die Frage, ob diese Frau noch etwas mit dem unkomplizierten Mädchen gemein hat, das er einmal kannte.

„Oberrauch, das bleibt unter uns. Ich bin Politiker, ich kann mir keine Blamage erlauben, selbst wenn die Kaiserin einen Elefanten mitbringt“, schnaubt der Bürgermeister. „Sie wissen doch, wie diese Wiener so sind“, sagt er noch, dabei mustert er Aloys streng. Der tut nun wieder so, als ob diese Aufregung an ihm abprallt, ebenso die Unterstellung.

„Ich kenn mich mit den Wienern nicht mehr so aus. Aber wir haben gleich zwei Trümpfe im Ärmel. Ach, und bevor ich's vergesse, diese Trümpfe sind auch keine gelernten Tiroler", sagt er höflich, aber nicht ohne Ironie.

„Oberrauch, nicht so empfindlich, und lassen Sie hören!"

Aloys hüstelt bedeutungsschwer und genießt einen Moment der Verzögerung. „Unsere Trümpfe binden nicht einfach ein paar Blumen zusammen oder machen mit Kanonen und Böllern einen Mordsradau, den Damen eh nicht schätzen und der junge Prinzessinnen verstört."

„Uuuuund?"

„Ein Trumpf ist der bekannte Wiener Theatermaler Giulio Giuliani. Mein Maître de Plaisir für Effekte nach einer raffinierten Choreographie!"

„Choreographie?"

„Der Kalvarienberg bei Arzl mit seiner berühmten Kapelle, die Mühlauer Kirche, Schloss Weiherburg und Schoss Büchsenhausen leuchten in bengalischem Feuer auf. Auf Schloss Ambras, dem alten Lustschloss der Philippine Welser, entzündet sich weißer und roter Sprühregen. Und zwar genau dann, wenn Ihre Majestät diese passiert, das meine ich mit Choreographie!" Lachend deutet Aloys eine Verbeugung an.

„Fein! Und war's das?" Der Bürgermeister hält seinen Zylinder vor sich wie einen leeren Suppentopf, der noch gefüllt werden muss.

„Aber Herr Bürgermeister, dann geht's erst richtig los", Aloys hebt seine Stimme in echter Begeisterung. „Lichtspektakel in den Farben Österreichs erhellen die Hofburg, das Goldene Dachl und den Bahnhof. Für die Ankunftshalle schuf Maestro Giuliani mannshohe Schilder mit dem Wappen der Kaiserin und Blumenskulpturen mit dem Tiroler Adler. Angesichts dieser Pracht begrüßen Sie die Kaiserin."

„Ich feile schon seit Tagen an meiner Rede", tut Tschurtschenthaler wichtig.

„Am Bahnhofsvorplatz steigt Ihre Majestät in ihre geschmückte Gala-Kutsche. Dort haben wir einen Pavillon aus Tannengebinden errichtet. An seinen acht Säulen flackern Lichtfiguren aus Gaslicht."

„Aus Gaslicht?"

„Ja, da sind wir so modern wie Paris! Und 250 Gaslampen erhellen die Route der Kaiserin durch die Stadt. Zudem sind die Straßen mit österreichischen und bayrischen Fahnen geschmückt."

„Wozu bayrische?", der Bürgermeister schwenkt seinen Zylinder unruhig.

„Nun, als vormals bayrische Prinzessin wird ihr das gefallen. Flaggenbäume schmücken auch die Pappelallee am Rennweg. Und die Reiterstatue vorm Theater und den Leopolds-Brunnen tauchen bunte Lampions in ein orientalisches Licht."

Es ist Aloys wichtig, dass die Orte, an denen er Sisi als Kind erlebte, besonders herausgeputzt sind. Dies ist als Aufforderung an ihr Gedächtnis gedacht. Doch wird sie dies nach all den Jahren verstehen?

Aloys' Stimmlage – zunehmend heiser, aber voller innerem Feuer – verrät seine Zweifel nicht. „Von den Giebeln des Theaters und in den Fensternischen glitzern Ornamente aus Gaslicht. Auch die Fenster der Hofburg sind mit Lichtern geschmückt und vor der Einfahrt zur Hofburg hängt ein riesiger Kronleuchter. Der glitzert in der Dunkelheit wie ein Drachenschatz. Es heißt, die Kaiserin erreiche Innsbruck um sieben Uhr?"

Bürgermeister Tschurtschenthaler nickt: „So ist es gemeldet."

„Wunderbar. Da ist es Mitte Oktober ja schon dunkel, der Herbst schluckt das Licht. Deshalb sind auch alle Bürgerhäuser erleuchtet, und jubelnde Menschen säumen die Straßen mit Fähnchen, Blumen und Fackeln. Ganz Innsbruck wird ein freudetrunkenes Lichtermeer sein!"

„Ein wahrlich kaiserlicher Empfang", lobt Tschurtschenthaler.

„Doch nicht nur die Stadt, auch die Berge werden funkeln. Ein Tiroler Adler, das brennende Herz Jesu, Rosen aus Feuer und der Name der Kaiserin leuchten auf. Und nicht nur ein mageres E, sondern Elisabeth", ergänzt Aloys und wippt stolz auf seinen Zehenspitzen.

Tschurtschenthaler stülpt seinen Zylinder auf den Kopf und reibt sich die Hände. „Brav, Oberrauch! Das gefällt auch meinen Wählern!"

„Gemach, Herr Bürgermeister, ich habe noch mehr in meinem Wunderhorn", ruft Aloys, und seine gereizten Stimmbänder erzeugen einen fast quietschenden Ton.

„Noch mehr? Man könnte meinen, der Papst kommt", sagt Tschurtschenthaler, der jetzt sichtbar gut gelaunt ist.

„Der bekäme keinen besseren Empfang!", meint Aloys.

„Also was?"

„Wir verwöhnen Ihre Majestät auch musikalisch. Aber nicht mit irgendeinem Choral, von Klosterschwestern gesungen, oder etwa mit Blasmusik. Nein, da sind wir wieder so modern wie Paris!"

„Blamieren Sie uns nicht, bald ist Wahlkampf", japst der Zuhörer und hält den Zylinder nunmehr wie ein Schild vor seine Brust.

„Nur Mut, denn ein angesehener Chorleiter und Komponist aus Wien hat eigens ein Musikstück komponiert. Des is a Hetz, auf Wienerisch gesagt." Nun klatscht Aloys in die Hände, erzeugt jedoch nur einen gedämpften Laut, denn er hat vergessen, dass er Handschuhe trägt.

„Sie könnten Politiker sein!“ Tschurtschenthaler klopft ihm anerkennend auf die Schulter. Das klingt wiederum dumpf, tut der gelösten Stimmung jedoch keinen Abbruch.

„Vielleicht bin ich ja Politiker“, neckt Aloys. „Und da wäre noch eine Überraschung für den Herrn Bürgermeister.“ Er winkt zwei Herren, die etwas entfernt in ein Gespräch vertieft waren, zu sich. Sie könnten von ihrem Äußeren kaum unterschiedlicher sein. Der eine ist klein und etwas rundlich, der andere ist aufgeschossen wie eine Bohnenstange.

„Das sind unsere Trümpfe! Darf ich vorstellen: Anton Michael Storch, Komponist, Konzertmeister und Orchesterdirektor in gleich zwei Theatern: jenem an der Wien und in der Josefstadt. Und dann Giulio Giuliani, ein bekannter Bühnenmaler. Beide Herrn kommen aus Wien.“

Man erkennt den Maler gleich. Es ist noch ein recht junger Kerl, aber er hat sich in der Manier alter Meister gekleidet. Er trägt ein Künstlerbarett auf langen schwarzen Locken, dazu einen weinroten Umhang, der von einem Gemälde inspiriert zu sein scheint. Das mag in der Welt des Theaters, der er entstammt, imposant anmuten, im eher nüchtern-bürgerlichen Innsbruck aber befremdlich.

Der Komponist ist auch prägnant in seiner Erscheinung, allein schon durch seine Größe, wenn auch vorschriftsmäßig gekleidet. Schon leicht ergraute Haare reichen ihm bis zum Kragen seines Anzugs, und ein silbriger Bart reicht einen Finger breit über das Kinn, seine Augen blitzen jedoch aufmerksam. Er sieht aus wie ein Mann, der sich auch ohne Taktstock Respekt verschaffen kann.

Der Bürgermeister schüttelt beiden Künstlern die Hände. „Dass die Herren extra aus Wien anreisen?", wundert er sich.

„Nun, Herr Oberrauch lockte uns mit Engelszungen, und uns allen liegt viel an einer würdigen Begrüßung der Kaiserin in Tirol. Und sollen wir einen ehemaligen Wiener hängen lassen?", kokettiert Storch mit Wiener Schmäh.

„Ihre Majestät wird sich fühlen wie im Himmel", sagt Giuliani mit dem Akzent, den man von ihm erwartet. „Vielleicht steht sie mir sogar Modell? Ich sehe sie schon: Die schönste Frau der Welt posiert vor den Bergen. Ihr Liebreiz noch zarter durch das Brutale der Landschaft. Wie ein Reh vor einer wilden Bestie!" Giuliani deutet auf die Nordkette. „Fantastico! Da wird selbst Leonardo neidisch in seinem Grab!"

Die Zuhörer lächeln etwas gequält.

„Unsere schönen Tiroler Berge sind doch keine Bestie", brummt Tschurtschenthaler.

„Das sagen Sie, ich vertrete die Kunst", kontert der Italiener und es scheint, als ob der Widerspruch ihn noch mehr anstachelt. „Signori, ich arbeite auch modern mit einer Fotokamera. Einer Globus, das neuste Modell. So positioniere ich mich mit meinem Assistent und meinem Apparat dort, wo die Kaiserin sich zeigt. Stellen Sie sich vor, ich kann eine Bildplatte in nur 20 Sekunden belichten. Dann gehört die Kaiserin von Österreich mir. Mir allein für die Ewigkeit!" Der Maestro legt die Hand auf sein Herz und schließt die Augen.

„Moment, die Kaiserin gehört uns allen“, mischt Storch sich ein. „Ich habe eigens eine Serenade für sie komponiert, ich nannte sie ‚Grün‘. Seit Tagen probe ich mit Chor und Orchester.“

„Grün?“, wundert sich Tschurtschenthaler.

„Grün ist die Hoffnung, die hohe Frau möge öfters in Tirol verweilen“, erklärt der Musikus und greift sich sinnierend an den Bart. „Vielleicht komponiere ich ja noch ... eine ... eine Oper!“

„Eine Opera?“, ruft Giuliani und verdreht die Augen. „Nein, eine Opera, Sie übertreiben.“

„Das sagen ausgerechnet Sie? Mit Verlaub, ihr Italiener habt keinen Freibrief auf große Gefühle, Opern schreiben können wir Österreicher schon auch!“, entrüstet sich Storch.

„Lächerlich“, Giuliani winkt ab.

„Lächerlich? Warten Sie nur, ich komponiere etwas Großes zu dem Ereignis. Eine bezaubernde Kaiserin vor gewaltigen Bergen, das ist Bühnenstoff. Das hat Energie. Und es ist allemal würdiger als ein paar Pinselstriche oder ein schnelles Geisterbild.“

„Sie beleidigen mich, und Sie beleidigen die Kunst!“, ärgert sich Giuliani, dabei reißt er das Barett von seinem Kopf und knetet es in den Händen.

„Nein, Sie beleidigen die Kunst, indem Sie glauben, Sie seien eine Art Leonardo und die Kaiserin stünde Ihnen Modell“, schimpft Storch.

„Aber meine Herren, lassen Sie die Kaiserin doch erst einmal anreisen!“ Aloys reißt die Arme hoch und tritt beschwichtigend zwischen die Kampfhähne. „Und eine Oper ist nicht die schlechteste Idee, wer weiß, wann Ihre Majestät wiederkommt? Ihr letzter Besuch liegt über 22 Jahre und vier Monate zurück, und seit über 18 Jahren ist sie nun schon Kaiserin. Unterdessen hat der Kaiser schon ein Dutzend Mal Tirol besucht. Immer ohne ihre Begleitung“, fügt er an.

„Mamma mia, der Herr Advokat Oberrauch zählt aber ganz genau! So klingt ein enttäuschter Verehrer, das verrät mir mein italienisches Blut“, sagt Giuliani und verdreht erneut die Augen. Dann streift er eine Locke aus seinem Gesicht und setzt sein Barett wieder auf.

„Werden Sie nicht dreist, werter Maestro“, entrüstet sich nun Aloys.

„Signore, als Mann des Theaters kenne ich auch das Theater der Gefühle. Und schöne Frauen lassen uns Männer immer warten. Basta. Ist doch besser als eine Hässliche, die pünktlich ist?“

Bürgermeister Tschurtschenthaler stößt eine Lachsalve aus.

Die Menschen in ihrer Umgebung schauen verwundert. Man erlebt den honorigen Mann selten so heiter.

„Köstlich, lieber Giuliani! Aber brüskieren Sie den geschätzten Herrn Oberrauch nicht so. Er ist ein Frauenkenner. Bisher war ihm nur noch keine gut genug.“

„Ich kann Herrn Oberrauch trösten, selbst uns Wienern entzieht sich die Kaiserin. So verschob man kürzlich die Eröffnung des neuen Opernhauses, da sie auf Reisen war. Als sie wieder in Wien weilte, blieb sie der Eröffnung dennoch fern. Sie hätte Kopfweh, hieß es. Tja, sie hat ihren eigenen Kopf“, erklärt Storch und legt Aloys eine Hand auf die Schulter.

„Einen sehr schönen jedoch, den ich male und fotografiere“, mischt Giuliani sich wieder ein.

„Und ich verewige diese Frau durch Musik. So gehört sie der ganzen Welt“, verkündet Storch.

„Aber Herr Advokat Oberrauch wird eifersüchtig sein“, seufzt Giuliani gekünstelt.

Nun lachen alle Männer – mit Ausnahme von Aloys.

„Meine Herren, sprechen wir über unsere Arbeit oder führen wir Männergespräche? Für Hahnenkämpfe fehlt uns die Zeit", brummt er.

„Sprechen wir über die Bergfeuer, geschätzter Oberrauch", lenkt Tschurtschenthaler ein.

„Bergfeuer zu errichten und zu entzünden ist heuer kein Spaß. Es regnet seit Tagen, die Felsen sind rutschig, die steilen Pfade aufgeweicht. Es wird Verletzte geben! Leider", erklärt Aloys mit ernster Miene. „Doch wir alle bringen Opfer am Altar der Schönheit", dringt dann noch heiser aus seiner Brust. Er wird noch oft daran denken.

„Opfer am Altar der Schönheit? Herr Advokat, Sie sind ein Poet", wundert sich Giuliani und verbeugt sich vor Aloys. Der lächelt matt.

„Welche Berge werden außer der Nordkette noch beleuchtet sein?", will Tschurtschenthaler wissen.

Aloys deutet auf den Italiener.

Der fuchtelt mit beiden Armen herum und macht ausufernde Bewegungen wie ein Tragöde. „Alle werden sie brennen, Signori. Brennen, so heiß wie unsere Herzen!"

Nun müssen alle Männer lachen.

„Wenn das keine Oper ergibt? Die fällt ja noch dem toten Herrn Mozart ein", gibt Storch den Wiener.

„Ich bevorzuge Verdi", kontert Giuliani sofort.

„Ach, Ihr Herr Verdi macht mir Schluckauf." Tschurtschenthaler winkt nach seiner Droschke.

Kaum hat sich der Bürgermeister entfernt, eilt Aloys durch die Stadt. Allein. Eine Mitfahrt im Wagen hat er abgelehnt, er möchte jetzt keine Gesellschaft. Die Worte des Italieners haben ihn tief getroffen.

Klinge ich tatsächlich wie ein verschmähter Liebhaber? Und was ist das für ein Weib, das Männer zu Streithähnen macht, bevor es überhaupt erscheint? Diese Fragen begleiten Aloys' Schritte.

Dann sieht er wieder ihre Füße vor sich, Kinderfüße mit Zehen, klein und schwarz wie Rosinen. Denkt an ihr Haar, eine Naturgewalt, die auch genauso gerochen hat. Dass ein Kaiser so eine heiratet? Und dass so ein Naturwesen einen Kaiser zum Mann nimmt – mit all den auferlegten Pflichten? Ja, in seinen „Eheverbrechen", wie er das nennt, ist der Adel skrupellos.

Und was macht er nun? Der vormalige Revolutionär bereitet den Empfang der Kaiserin aus dem ihm verhassten Hause Habsburg vor. Legt ihr eine Märchenwelt zu Füßen. Zu Füßen, die jetzt wohl in den feinsten Schuhen umherstöckeln, die man für Geld kaufen kann.

„Aloys, du bist ein Narr!", schnauft er. „Ein Idiot!"

Dabei wartet noch so viel Arbeit auf ihn: Er muss Gaslichter kontrollieren und die Frische der Blumengestecke, sich mit den Kommandanten der Gendarmerie und der Schützen absprechen, die die Sicherheit der Kaiserin garantieren – wieder einmal die Tiroler Schützen! –, und dann einer Probe der Begrüßungszeremonie am Bahnhof beiwohnen.

Er ist ernüchtert, ja, fast verärgert. Und gleichzeitig durchströmt ihn eine seltsame Energie. Kann er sich selbst noch trauen?

Seine Gedanken tragen ihn zu ihr. Er steckt seine Nase in ihre dunkelblonde Haarflut. Sisi ...

Um Aloys herum schwillt der Menschenstrom an, immer mehr Neugierige und Geschäftemacher drängen in die Stadt: Bierkutscher, Verkäufer von Früchten, meist Südtiroler mit großen Körben auf dem Rücken, Verkäufer von Backwerk, Würsten, Blumen, Fähnchen, Postkarten und Halstüchlein mit dem Porträt der Kaiserin und mit was auch immer an so einem Festtag Geld zu verdienen ist.

Ein Verkäufer rempelt Aloys an, er trägt einen sperrigen hölzernen Bauchladen vor der Brust. Durch die Erschütterung fallen Packungen mit Zündhölzern und Zigarren auf den Boden. Ein Laufbursche hebt sie auf und legt dem Rauchwarenmann die Ware in seinen Bauchladen zurück. Auf einigen Packungen ist Sisi abgebildet, wenn auch nur als Scherenschnitt-Porträt.

„Sie verkaufen Zigarren mit dem Konterfei unserer Kaiserin?“, wundert sich Aloys.

„Konterwas?“ Der Mann schaut blöde.

„Na, mit ihrem Abbild!“

„Ja! Und wenn der Herr beim Rauchen dran zieht, ist's, als ob man sie küsst“, erklärt der Mann grinsend.

„Schamlos. Das sollte man verbieten!“

„Na, lassen S' doch den Männern den harmlosen Spaß“, beschwichtigt der Gescholtene.

„Die Kaiserin küssen? Hetzig! Ich nehm ein Packerl“, lacht der Laufbursche, daraufhin schenkt ihm der Verkäufer eine Zigarre. Der Bursche rundet in Vorfreude genießerisch die Lippen.

„Geschäftemacher, Lumpenpack“, protestiert Aloys, aber schon sind die Männer in der Menge verschwunden.

Ich habe Besseres zu tun, besinnt er sich. Bald ist in der Stadt kein Durchkommen mehr. Er ringt um Atem und zerrt an seinem Halskragen, der ist gar zu steif und scheuert an der vom Rasieren schon gereizten

Haut. Zudem ist er unausgeschlafen, denn seit Wochen macht das immer gleiche Wunschbild ihn ruhelos.

Sisi ist ein Phantom. Doch er, Aloys Oberrauch, wird ihr den besten aller Empfänge bereiten. Innsbruck wird sich wie ein magisches Bergfeuer in ihr Gedächtnis einbrennen, wird ihr Sehnsuchtsort im Kaiserreich. Ja, er hat es in der Hand, dass sie länger verweilt und öfters wiederkehrt. Er – der gescheiterte Revolutionär – und glücklose Verehrer. Bisher ...

Aloys seufzt. Der Italiener hat ihn durchschaut, diese Theaterleute mit ihrer gefühlsexplosiven Dünnhäutigkeit sind zu fürchten. Er schiebt eine Fingerkuppe in den zu engen Hemdkragen und zerrt daran. Hat er seiner Haushälterin Frau Rosenkranz nicht schon aufgetragen, diese engen Krägen auszumustern? Sie kommen jetzt eh aus der Mode. Dann wischt er mit seinen weißen Handschuhen Schweiß von seiner Stirn und den Lippen. Selbst sein Speichel schmeckt nun salzig. Er ist lange unterwegs nach einer unruhigen Nacht, hat wenig gegessen und getrunken.

In dem Moment, als Aloys seine Schritte verlangsamt, spürt er einen Stoß in den Rippen, einen schmerzhaften Stoß im Zwerchfell.

„Pass doch auf", schimpft er, wobei ihm kein echter Sturm der Entrüstung mehr gelingt, eher ein Krächzen, er ist einfach zu heiser und zu durstig.

„Keine Zeit, die Kaiserin kommt", blökt ihm der Anrempler zu. Aloys spürt einen leichten Schwindel, fängt sich jedoch.

„Sisi, weißt du eigentlich, was du bei den Menschen auslöst?", kommt ihm aus der trockenen Kehle. Es ist ein Aufschrei ohne Ton. Gleich darauf spürt er einen weiteren Anrempler, nun im Rücken.

In Innsbruck existiert eine weitere Brutstätte des kollektiven Wahnsinns. Sie befindet sich nur wenige Gehminuten von Aloys entfernt in der Hofburg.

„Exakt 15 Réaumur? Was soll das sein?“ Das Dienstmädchen reißt ungläubig die Augen auf. Ihr Gesicht ist blutjung, und unter einem weißen Häubchen fallen dunkle Locken in eine Stirn, die sich im Erstaunen runzelt.

„Dumme Gans, mit Réaumur misst man die Temperatur. Habt ihr Tiroler denn von gar nichts eine Ahnung? Hinter den Bergen liegt eine moderne Welt!“ Eine Frau in mittleren Jahren setzt der Jüngeren zu. Sie trägt ein elegantes schilfgrünes Kleid und eine Hochsteckfrisur, beides nach der neusten Mode. An ihren Ohren funkeln Perlen.

„Mit Verlaub, Madame, wie eine Wienerin klingt sie aber nicht. Sie ist doch eine von uns?“, mutmaßt das Dienstmädchen, wenn auch mit unsicherer Stimme.

„Willst wohl frech werden, was? Ich fordere 15 Réaumur, und zwar überall! Und tout de suite“, ereifert sich die Ältere.

„Aber ... die Räume sind ... doch alle anders. Der Schreibsalon Ihrer Majestät ist rund und die anderen Kabinette sind eckig.“

„Willst du mich für dumm verkaufen? Der Wärme ist es doch egal, ob ein Kabinett eckig oder rund ist! Geh mir aus den Augen, du Landei, sonst lasse ich dich hinauswerfen. Und schick mir einen guten Einheizer, sonst fliegst du sofort hinaus!“, zetert die Madame nun und stampft zornig mit dem Fuß auf.

Die Gescholtene stürmt mit hochrotem Gesicht aus dem Salon. Vor der Tür kollidiert sie mit einem Mann, der offensichtlich an der Tür gelauscht hat.

„Sepp, herrje, was machst du denn hier?“

„Ich komm, um dich zu retten, fesche Theres. Geh in den Salon zurück und sag dieser Zwiderwurzen, der Einheizer ist da. Der beste Mann in der Hofburg.“

„Aber du bist doch Nachtwächter?“ Theres’ Stimme ist von Tränen erstickt.

Sepp nimmt das Mädchen in den Arm. „Kind, ich bin der Mann, der alles kann und alles weiß. Dieses Weibsstück da drinnen kenn ich wohl. Ich erkenn sie an ihrer Stimme und an ihrem Gestampfe. Glaub mir, Theres, der heiz ich ein!“

Wie von Sepp geheißen, eilt Theres zurück in den Salon: „Der Einheizer ist da. Unser allerbester Mann.“

„So ein alter Kerl? Und du willst der Beste sein?“ Die elegante Dame verzieht verächtlich den Mund, als sie Sepp erblickt.

„Zumindest kenn ich dich am besten!“

„Du wagst es, du Tiroler Bauerntölpel?“

„Pauline, ich wag alles für ein Wiedersehen!“, lacht er.

„Wir kennen uns?“ Sie ist sichtbar irritiert.

„Pauline! Du Berghexe aus dem Schmirntal brauchst wohl ein Augenglas? Aber dein Schandmaul geht noch gut!“

Zwei Dienstmädchen, die im Salon Staub wischen, stupsen sich mit den Ellenbogen an.

Sepp streckt seine Arme in Richtung Pauline aus und schmettert mit dunkler Singstimme:

„Ein Mädchen oder Weibchen wünscht Papageno sich!
O so ein sanftes Täubchen wär’ Seligkeit für mich!“

„Sepp? Sepp, der Depp? Bist du das? Herrje, bleib mir vom Leib!“, sagt sie entgeistert und weicht erschrocken seiner Umarmung aus.

„Da staunst? Verschwunden ist mein roter Bart, verschwunden ist mein Bauch und verschwunden ist mein Weib. Juche, wir können heiraten“, juchzt er.

Die Dienstmädchen kichern. Kreischend stürmt Pauline auf sie zu: „Hinaus, ihr dummen Hühner, hinaus!“

Die Mädchen lassen vor Schreck ihre Staubwedel fallen und eilen aus dem Salon.

Pauline schließt die Tür mit einem Knall, dann lehnt sie am Türrahmen und fächelt sich Luft zu. „Dass ich dich Depp noch einmal treffe? Nach all den Jahren“, japst sie und schüttelt den Kopf.

„Ich freu mich auch närrisch und mir ist's ernst. Ach, Pauline“, säuselt er und nähert sich ihr wieder mit offenen Armen.

„Wag es nicht!“ Sie wehrt ihn mit erhobenen Händen ab und dreht sich weg. „Dein Weib ist tot?“, fragt sie, nachdem sie sich gefangen hat.

„Mit uns war es vorbei, als ich mit dem Saufen aufgehört hab. Da hab ich's nicht mehr schöntrinken können.“ Er lacht und klatscht in die Hände. „Dafür hab ich jetzt einen echten Gefährten. Einen Hund, der schaut gefährlich aus, ist aber allemal feiner als mein Weib. Groß und schwarz ist er, und er begleitet mich auf meiner Tour. Schwarz ist die beste Tarnung für einen Nachtwächterhund. Speckbacher heißt er.“

„Speckbacher?“ Pauline besinnt sich. „Das war doch ein Kommandant vom Hofer? Deinem Hofer?“

„Aha, die feine Dame hat ihr Tirol nicht ganz vergessen“, gluckst er. „Und mein Speckbacher liebt den Tiroler Speck, und er badet in der Sill, das ist ja ein stolzer

Bach. So ist der Name aus dem Freiheitskampf doppelt richtig bei diesem treuen Viech."

„Dass du je mit dem Saufen aufhörst?"

„Ich hab ein Zeichen bekommen."

„Von deiner Leber oder von deinem Weib mit einem Holzprügel?" Pauline grinst.

„Nein, vom Hofer ..."

„Du und dein ewiger Hofer", unterbricht sie und tippt sich an die Stirn.

„Weib, lass mich reden!"

Sie schweigt mit säuerlichem Gesicht.

„Also, ich hab einen Kontrollgang durch die Hofkirche gemacht und bin am Grabmal vom Hofer vorbeigekommen. Mondlicht ist schräg durch das Kirchenschiff gefallen, und der helle Marmor aus Laas hat aufgeleuchtet, als wenn seine stattliche Figur und seine strammen Waden aus Schnee gemacht worden wären. Aus reinstem Gletscherschnee. Da hab ich eine dunkle Stimme gehört und bin erschrocken, bis ich begriffen hab, dass die Stimme aus dem Marmor kommt."

„Seit wann reden Steine? Nur Holz redet, du Holzkopf", scherzt Pauline.

„Halt dein Schandmaul. Die Stimme ist aus Hofers Grab gekommen. ‚Hör auf z'saufen, des hätt i au soll'n. Des sag i dir als Wirt vom Sandhof!' Der kalte Schweiß ist mir ausgebrochen, aber seitdem rühr ich keinen Schnaps mehr an. Keinen einzigen Tropfen." Sepp bekreuzigt sich.

„Sepp, du Depp, erzählst immer noch so saublöde Geschichten. Ich brauche keinen Aufschneider, ich brauche einen Einheizer!", schimpft Pauline.

„Ich werd dir schon einheizen. Die halbe Dienerschaft machst du schon närrisch, aber ich bin nicht dein Knecht", schnauzt er zurück.

„Dass du es wagst! Seit wann ist es ein ehrbarer Beruf, Nachtwächter zu sein? Kaum besser als die Scharfrichter seid ihr. Keine ehrbaren Leut. Ich hingegen bin jetzt Kammerzofe. Kammerzofe der Kaiserin! Ich bin ihr aus Wien vorausgeeilt, um diesen Saustall für Ihre durchlauchtigste Majestät herzurichten!“, sagt sie und tut sich wichtig.

„Saustall? Du bist gemein, Pauline“, schimpft Sepp.

„Gemein?“

„Die Hofburg ist für deine Kaiserin extra umgebaut worden. Die Tapeten sind aus Seide, die Möbel, die Teppiche und die Öfen sind nagelneu. Und in jedem Kabinett steht eine teure goldene Uhr, weil Madame das so wünscht. Dann hat s' extra ein riesiges Schreibzimmer im Rondell des nördlichen Turmes bekommen, im hellsten Raum im ganzen Schloss. Einen riesigen Schönheitssalon hat Madame natürlich auch. Ein ganzer Sack voll Experten aus Wien ist gekommen und hat uns Tiroler verrückt gemacht, um alles im Geschmack Ihrer Majestät einzurichten. ‚Zweites Rokoko‘ nennen die das, ich hab mir das Wort gemerkt, der Ausstatter war so ein eitler Franzos. Den Namen hab ich vergessen, damals hab ich noch g'soffen. Bis der Hofer mich geheilt hat.“ Sepp bekreuzigt sich erneut.

Pauline lacht leise.

„Du Hexe, da gibt's nix zu lachen!“ Sepp schüttelt den Kopf und fährt verärgert fort. „Selbst für die zwei Balkone haben sie Teppiche angefertigt. Nach Pariser Mode. Für solche Zwergenbalkone! Und wieso? Damit Ihre Majestät sich mit warmen Füßen uns Tirolern zeigen kann. Und? Hat s' sich je gezeigt?“

Nun schüttelt auch Pauline den Kopf.

„Genau, deine Herrin war noch nie in ihrem Sisi-Appartement. So heißt es, seit ihr Gspusi, Karl Ludwig von Österreich, alles hat umbauen lassen, damals als Statthalter von Tirol. Für Sisi wollte er das Allerbeste. Für seinen Jugendschwarm, den er nicht heiraten durfte, weil sein großer Bruder sie ihm weggeschnappt hat."

„Sepp, du bist dreist", entrüstet sich Pauline.

„So was darf man nicht sagen, ich sag's aber zu dir. Pauline, wir beide wissen doch, was war, als die Kaiserin als Kind Tirol besucht hat."

Sie reißt einmal mehr die Arme in Abwehrhaltung hoch.

„Und jetzt heiz ich dir das Sisi-Appartement ein. Es ist mit enttäuschter Liebe und mit Tränen befleckt!"

„Tränen? Das ist wieder eine deiner saublöden Geschichten", schimpft Pauline.

„Nein, diese Wände soll'n einmal die Wahrheit hören. An ihnen klebt das Herzblut vom Karl Ludwig. In der blauen Tapete von Sisis Schreibsalon allemal, dort sah ich ihn weinen wie ein Kleinkind. Wir Nachtwächter wissen alles!"

Pauline bekommt kein Wort heraus, stampft aber zornig mit dem Fuß.

„Und du nennst das einen Saustall, diese Verschwendung an Geld und Gefühl? Du bist krank, du leidest an der Wiener Hofkrankheit, du eitle Henne. Pauline, mir graust vor dir!" Sepp bekräftigt seine Worte, indem er nun selbst mit dem Fuß aufstampft.

Pauline erschrickt von dem Donnerhall seines Stiefels und wohl auch von dem Gewicht seiner Worte. „Das mit dem Grausen hatten wir früher schon einmal. Aber ich hab nicht gewusst, dass in dem Appartement so viel Herzblut steckt." Sie klingt plötzlich kleinlaut.

„Schlimmer noch!"

„Schlimmer?", wundert sie sich.

„In diesen Wänden stecken Kummer und Verachtung, Verachtung für Karl Ludwig und Verachtung für Innsbruck. Deine feine Herrin ist ein Geist." Sepp klingt immer noch ungehalten.

„Schweig und sprich nicht so von ihr. Sie ist ja unterwegs. Auch hat Karl Ludwig eine herzensgute Frau gefunden. Nun, eine neue herzensgute Frau, die erste ist verstorben." Pauline tritt an Sepp heran und flüstert: „Glaub mir, es ist nicht immer leicht, die Kaiserin glücklich zu machen." Sie blickt sich um und fährt fort. „In Meran ist man schon seit Wochen in Aufruhr, um ihren Ansprüchen zu genügen. Schloss Trauttmansdorff, ein altertümliches Juwel, über dem Etschtal gelegen, ist ihr nicht schön genug. Es wird seit Monaten nach ihren Wünschen umgestaltet. Mit Beleuchtungsapparat und Wassertoilette, sie liebt es ja modern. Dann hat sie noch ein Turnzimmer verlangt."

„Versteh ich recht? Ein Zimmer zum Turnen? Herrgott, was soll das denn sein?" Sepp schaut verwirrt.

„Na, was wohl, du Holzkopf? Dort turnt Ihre Majestät!"

„Äh ... wie geht das?"

„Na, sie klettert an einer hölzernen Sprossenwand wie ein Affe, verdreht ihren Körper an einer Ballettstange wie eine Schlangenfrau, oder sie hängt an Ringen gleich einer Fledermaus."

Nun müssen beide kichern.

„Wir Tiroler, wir turnen nicht, wir arbeiten!"

„In Meran schuften sie auch für die Kaiserin", fährt Pauline fort. „Auf Trauttmansdorff hat man noch zusätzliche Öfen und eine Wendeltreppe eingebaut. Und den Garten erweitert."

„Wieso eine Wendeltreppe?", will Sepp wissen.

„Die Kaiserin will immer schnell und ungesehen aus ihren Gemächern in den Garten gelangen. Auch wegen ihrer Hunde."

„Hunde?" Sepps Miene hellt sich auf.

„Die Kaiserin reist diesmal nur mit ihrem Lieblingshund Shadow, einem Wolfshund aus Irland, so groß und so haarig wie ein Esel. Nur leider nicht so schlau."

Sepp klatscht in die Hände. „Mein Speckbacher würde ihn fressen!"

„Freu dich nicht zu früh. Im Moment wünscht sich die Kaiserin einen Bären. Einen echten Tanzbären. Aber Kaiser Franz Joseph erlaubt ihr das nicht, er scheut die Gefahr für die Kinder."

„Sie fürchtet keine Gefahr?", wundert sich Sepp.

„Sie kennt ihre Wünsche!", seufzt Pauline. „Deshalb verreist die Kaiserin auch nie ohne ihre Möbel, die werden schon seit Tagen nach Meran gebracht. Im Zug bis nach Bozen, dann mühsam mit Kutschen weiter, Meran besitzt keinen Bahnhof. Und weil Trauttmansdorff zu klein ist für die ganze Dienerschaft, werden noch Gasthöfe, Ställe und Wagenremisen in der Umgebung angemietet oder extra errichtet."

Sepp schüttelt den Kopf. „Jesus war ein armer Zimmermann. Das solltest du deiner Herrin sagen."

Pauline winkt ab. „Das bringt sie vielleicht auf die Idee, für den Heiland ein Turnzimmer einrichten zu lassen."

Wieder kichern beide.

„Ernsthaft, wie soll ich das einer Person mitteilen, die in Meran die ländliche Idylle sucht und Abgeschiedenheit, aber eigens in Schloss Trauttmansdorff ein Telegrafenamt einrichten lässt? Ein Telegrafenamt, das mit der Hofburg in Wien verbunden ist! Und nicht nur das, alle angemieteten Gasthöfe müssen per Telegraf miteinander verbunden sein. Wir sollen ja Tag und Nacht ihre Wünsche erfüllen können.

Und die braven Meraner spielen mit: Im Postamt hat man die Beamten aufgestockt und in der Stadt die Gendarmen. Dann hat man neue Gärtner eingestellt und entlang der Passer eine Uferpromenade mit exotischen Pflanzen angelegt, meine Herrin liebt ja das Wasser und Pflanzen mag sie auch. Ja, Südtirol lässt sich den Besuch etwas kosten."

Sepp greift sich mit beiden Händen an die Stirn. „Da haben wir es hier ja fast noch gut", lacht er.

„Das sagst nur du, du Hinterwäldler. Auch hier ist nichts, wie die Kaiserin es möchte. Da ist sie sehr genau. Die Räume müssen vorgeheizt sein, alle auf exakt 15 Réaumur. Dazu müssen sechs Maß destilliertes Wasser bereitstehen und alle Türen mit Essigwasser abgewaschen sein. Und alle Krankheiten muss man mir melden, selbst den kleinsten Husten. Dann müssen alle Räume duften – nach Veilchen. Kandierte Veilchen müssen auch in Schalen bereitstehen, und frisches Obst. Vor allem Orangen."

„Orangen? Eine Kaiserin ist doch kein Affe?"

„Nun, diese hat viele besondere Gewohnheiten. Auch beim Essen. Wobei sie kaum etwas isst. Manchmal nimmt sie tagelang nur ausgepressten und gekochten Fleischsaft zu sich, vielleicht noch ein Ei, ein paar Orangenschnitze und frische Milch. Derzeit trinkt sie nur die Milch ihrer Lieblingskühe Mili und Mirli, die reisen auch im Sonderzug nach Meran."

„Ha! Mit Verlaub, das klingt tatsächlich wie ein Wanderzirkus. Und ihr Koch wird sich irgendwann umbringen. Was soll dieser Blödsinn?"

„Nun, sie möchte eine Taille haben wie eine Sanduhr."

„Jesus und Maria!“ Sepp rauft sich den Bart, den es nicht mehr gibt, und tritt ganz nah an Pauline heran. „Weißt noch, wie wir die Kaiserin g'sucht haben? Da war s' noch dieser bayrische Saufratz, der sich im Pferdestall verkrochen hat. Dort hat es sicher nicht nach Veilchen gerochen. In der Scheiße ist s' g'sessen ...“

„Psst, schweig! Das darf niemand wissen. Ich vertrete nun mal die Kaiserin von Österreich und die gekrönte Königin von Ungarn. Glaubst du, dass die sich noch in Ställen versteckt?“, unterbricht Pauline.

„Na, was man so hört?“

„Halt dein Maul!“, entrüstet sie sich wieder und stampft erneut mit dem Fuß auf.

„Pauline aus dem Schmirntal stampft noch mit den Hufen wie ein Ackergaul. Ha! So eine ganz feine Madame bist du nicht“, neckt er. „Aber zumindest siehst du wie eine aus“, lacht er noch und wirft ihr eine Kusshand zu.

Pauline winkt Sepp zu sich.

Er beugt sich vor, schließt die Augen und rundet seine Lippen wie zum Kuss.

„Küssen kannst du deinen Hund. Aber ich verrate dir ein Geheimnis“, sagt sie und packt Sepp recht grob an einem Ohr und zieht ihn zu sich.

Er maunzt kurz auf, lässt sie aber gewähren.

„Die Kaiserin hat immer noch eine Schwäche für Ställe und vor allem für Pferde. Stell dir vor, neben Schloss Gödöllö in Ungarn hat sie eine Manege errichten lassen. Eine Zirkusmanege! Dort trainiert sie mit Artisten des berühmten Zirkus Renz Kunststücke zu Pferde. Eine Kaiserin als Kunstreiterin, wo hat es das je gegeben?“

„Das erstaunt dich? Ihr Vater war doch Zirkusreiter!“ Sepp gluckst, sie zieht ihn hart am Ohr.

„Sie kündigt auch an, sie wird in England bei Jagdwettbewerben mitreiten. Bei solchen nur für Männer. Aber der Kaiser hat ihr auch das verboten. Noch ...“

„Noch?“

„Na, sie weiß schon ihren Willen durchzusetzen.“ Pauline hält inne. „Jetzt hab ich genug geredet. Sepp, heiz endlich die verflixten Öfen ein. Ihre Majestät kommt bald. Und schick mir die Mägde, diese Tiroler Trutschen“, zetert sie dann.

Drohend richtet Sepp den Zeigefinger auf sie.

Tatsächlich wechselt Pauline wieder in den Flüsterton: „Die Kaiserin kann zornig werden. Kann sich gebärden wie ein bayrischer Bierkutscher, auch wenn sie sonst fein daherredet. Aber auch das bleibt unter uns.“ Pauline presst ihre Handflächen zusammen wie bei einem Gebet.

„Hab ich dir nicht schon immer g'holfen, Pauline? Das tu ich gern, wenn du dich normal aufführst. Aber einen Wunsch hab ich!“

„Verstehe, du bist immer noch gamsig?“, ächzt sie und verdreht die Augen.

„Später, mein Täubchen. Zuerst erzählst du mir was von der Eisenbahn, während ich mich hier abmüh.“

„Von der Eisenbahn?“

„Wohl, wohl, du bist doch mit der Bahn gekommen?“

„Sicher. Die Kaiserin schickt mich oft ihren Reisen voraus. Du fährst nie Zug?“

„I wo! Ich hab doch den Speckbacher. Und leb ich nicht am schönsten Ort der Welt?“

„Ach, Sepp, du Depp ...“ Er greift sich ein Holzscheit und deutet einen Wurf in ihre Richtung an. Sie kreischt auf, fährt dann aber mit ihrer Rede fort.

„Mit der Eisenbahn ist das so: Wenn man gewohnt ist, von der Kutsche aus seinen Blick auf nahe Dinge zu richten, wird einem bei der neuen Geschwindigkeit beinah schlecht. Die Mohnblumen am Feldrain sind keine Mohnblumen mehr, sondern rote Streifen, und die Getreidefelder werden zu langen gelben Zöpfen."

„Zu gelben Zöpfen?"

„Nun, es verschwimmt halt alles, und es dauert, bis sich das Auge an den Rausch der Geschwindigkeit gewöhnt."

„Bisher kenn ich nur den Rausch aus der Flasche. Aber das klingt gut. Pauline, unsere Hochzeitsreise machen wir mit der Eisenbahn!"

„Sie kommt, sie kommt, die Kaiserin kommt!", schwappt es wie eine Woge von Mund zu Mund. Der Bahnhof ist schwarz vor Menschen im dunklen Festtagsgewand, und immer noch drängen Schaulustige in das Gebäude hinein.

„Viele Münder zum Jubeln", freut sich Aloys, der sich mit Giuliani mühevoll zur Tribüne des Festkomitees vorarbeitet. So viele Menschen hat er noch bei keinem Besuch des Kaisers gesehen. Sisi scheint ein Magnet zu sein, der Menschen wie Stecknadeln anzieht.

Giuliani ist noch prächtiger ausstaffiert als am Morgen. Sein Umhang ist aus grünem Samt, ein schwerer, eigentlich ungemütlicher Stoff. Er zieht viele Blicke auf sich, denn der kurze Flor changiert majestätisch im Licht. Manche der einfachen Leute berühren den Stoff, ja, sie streicheln ihn sogar, als wäre es ein exotisches Haustier. Giuliani schimpft leise auf Italienisch.

Storch reiht sich nicht unter den Würdenträgern ein, er verbleibt bei seinem Chor und den Musikern.

„Soll die Kaiserin gleich merken, was sie den Tirolern bedeutet. Sicher macht sie sich dann nicht mehr so rar!", schnauft Aloys in seinem Kampf gegen den Strom aus Schaulustigen.

„Extra für mich bleibt sie länger, so lange, bis ich sie gemalt habe. Ein Italiener wird sie einfangen. Ha!", lacht Giuliani.

Hätte Aloys dies je vergessen können? Seit Wochen denkt er kaum an etwas anderes.

„Ihr Selbstbewusstsein ist irritierend, Maestro. Hoffen wir, dass sich all unsere Mühe gelohnt hat."

„Ihre Unsicherheit ist irritierend. Es wird ihr gefallen! Schöne Frauen lieben schöne Dinge, auch wenn sie zu spät kommen."

Aloys erkennt, dass mit einem Mann, der einem grün changierenden Frosch ähnelt, nur schwer zu diskutieren ist.

Die Dämmerung legt sich über die Stadt wie nachtblaues Löschpapier, dann versinkt das letzte Aufglimmen des Tages rötlich hinter den Bergspitzen.

„Jetzt kommt unsere Zeit. Jetzt kommt der menschengemachte Lichtzauber. Der Kaiserin werden die Augen übergehen", freut sich Aloys, als die Gaslichter aufglimmen. Ein Raunen geht durch die Menschenmenge, mancher Landbewohner erblickt erstmalig ein so helles Kunstlicht.

„Ein Kugelblitz! Herrgott, steh uns bei", ruft einer und verschränkt schützend die Hände über dem Kopf. Das erzeugt Gelächter. Der Verlachte wird puterrot, entweder vor Scham oder vor Zorn. Er sieht aus wie ein Bergbauer, der keine Mühe gescheut hat und viele Stunden, wenn nicht sogar Tage, zu Fuß unterwegs war, um das größte aller Wunder zu sehen: die Kaiserin.

Auch Aloys fühlt sich wie trunken vor Aufregung. Wird der Hauptperson das Spektakel gefallen? Versteht man seine ausgeklügelte Dramaturgie?

Er wird es bald erfahren, denn er wird ihr vorgestellt werden. Wird sie ihn erkennen? Wohl kaum nach all den Jahren. Zudem wäre dies nicht ungefährlich für ihn als vormaligen Revolutionär.

Ihr Sonderzug erscheint um sieben Uhr. Absolut pünktlich. Und dies, obwohl die Fahrzeit von Wien nach Innsbruck 24 Stunden beträgt. Dennoch erstaunlich, denn ohne den Segen der Eisenbahn wäre die Kaiserin Tage unterwegs gewesen.

„In Österreich kommen die Damen pünktlich, selbst die Schönste von allen!“ Aloys zwinkert Giuliani zu. Der schwitzt unter dem schweren Samt.

Das Begrüßungskomitee steht am Bahnsteig Spalier. So hat die Kaiserin es gewünscht.

„Es ist das erste Mal, dass Ihre Majestät als Kaiserin in unsere Berge gekommen ist. So haben wir den herzlichen Wunsch, dass der Aufenthalt in Tirol Ihrer Kaiserlich und Königlichen Majestät und den erlauchten Sprösslingen zum besten Wohlsein gereiche, damit sich zwischen der huldvollen Monarchin und dem Lande Tirol ein Band knüpft, das keine Zeit löst.

Und so legen wir der holden Landesmutter die Gefühle der Liebe und Anhänglichkeit, mit denen die Tiroler sich zu jeder Zeit dem Erzhause Habsburg weihten, ehrerbietig und huldigend zu Füßen und rufen ihr mit Herz und Munde das freudige ‚Willkommen‘ zu.“

So steht es im *Boten für Tirol und Vorarlberg* am Tag ihrer Ankunft. Und mit den fast gleichen Worten begrüßt Bürgermeister Tschurtschenthaler nun die Kaiserin.

Fällt dem nichts Eigenes ein? Soll dies die Rede sein, an der er angeblich so lange feilte? Aloys spürt Ärger in sich aufsteigen.

Ich und meine Männer, wir schuften seit Wochen, erschaffen Sagenhaftes. Und das Stadtoberhaupt käut einen Text wieder wie eine Kuh das Heu? Dabei hat sie nur das Beste verdient.

Während der Ansprache steht sie auf der Treppe ihres Salonwagens. Auf ihren ausdrücklichen Wunsch. Hätte der Telegraf dies früher vermeldet, hätte er das Rednerpult für den Bürgermeister und dessen Nachredner gar nicht herbeischaffen und reinigen lassen müssen. Doch Aloys mag sich jetzt nicht weiter grämen. Ihre Wahl, so erhöht zu stehen, hat den Vorteil, dass man sie gut sieht. Eigentlich. Säße nicht ein Federhütchen auf ihrem Kopf mit schwarz-glitzerndem Schleier, der ihr Gesicht umwallt. Blickdicht.

Die Besucherin trägt ein schwarzes Reisekleid, es ist an den Ärmeln und am Kragen üppig mit braunem Pelz verbrämt. Vermutlich edler Nerz. Dazu trägt sie schwarze Handschuhe, und ihre Füße stecken in schwarzen Stiefeletten mit silbernen Verzierungen. Edles Schuhwerk, zweifelsohne.

Was hat er erwartet? Dass die Kaiserin und Landesmutter barfuß vor ihr Volk tritt? Zudem an einem kühlen Herbstabend?

Doch Moment ... sind ihre Füße wirklich so, wie sie aussehen? So groß? Zumindest hat es den Anschein, jetzt, wo sie durch die erhobene Position unter ihrem Kleid hervorblitzen. Männerfüße – der Länge nach, nicht der Breite. Er vergleicht die Größe der Metallstufen mit dem geschätzten Maß ihrer Schuhe. Er wird dies nachprüfen, doch sicher täuscht er sich. Verwirrt ihn die Tatsache, dass er immer noch an ihre kleinen Kinderfüße denkt?

Dann denkt Aloys gar nichts mehr: Mit einer eleganten Handbewegung streift die Kaiserin den Schleier zurück und lächelt in die Menge. Er sieht, wie diese Gestalt die Metallstufen hinabsteigt und über den am Bahnsteig ausgelegten roten Teppich dem eigentlichen Begrüßungspodest zustrebt. Wie dünn sie doch ist!

Der Stoff ihres Kleides schmiegt sich an ihre Silhouette wie eine zweite Haut. Sie gleicht einem Scherenschnitt, bei dem man an der Taille zu viel schwarzes Papier abgeschnippelt hat.

„Diese Taille könnte ich mit zwei Händen umfassen“, kommt Aloys über die Lippen.

Ihr Haar ist in Flechtwerk gebändigt, es reicht ihr den Rücken hinab. Eine Frisur, so kompliziert, dass die Friseurin eine Magierin sein muss. Auf dieser Haar-Skulptur sitzt keck das Reisehütchen wie ein Vogelnest.

Just in diesem Moment kommt Aloys die Turmfrisur der jungen Sisi in den Sinn und deren Schieflage. Dies entlockt ihm ein Schmunzeln.

Doch der Anblick, der sich ihm jetzt bietet, hat nichts mehr gemein mit dem pausbackigen Wildfang, den Aloys einmal kannte.

An diesem Wesen ist alles Anmut: Es geht nicht, es scheint zu schweben, es lacht nicht, es lächelt wie ein scheuer Engel mit geschlossenem Mund, es spricht nicht, es haucht Worte dahin.

Die Dankesworte an den Bürgermeister sind kaum zu hören. Auch jene nicht, mit denen das Wesen sich beim Landeshauptmann für sein Willkommen in Tirol und bei Baron von Ceschi, dem kaiserlich-königlichen Statthalter von Innsbruck, für sein Erscheinen am Bahnhof bedankt.

Alle, die die schmale Gestalt erblicken, sind wie verhext. Man hört keinen Jubel. Dabei hat Aloys Oberrauch dies angeordnet, selbst in Handzetteln bat er „um laut vorgebrachte Volksfreude“. Zumal die Kaiserin ja auch in Tirol nicht ganz unumstritten ist.

Doch die Menschen gaffen nur – viele mit offenem Mund. Manch einer verschluckt wohl eine der letzten Sommerfliegen. Ja, der bis zum Bersten gefüllte Innsbrucker Bahnhof bleibt gespenstisch stumm. Man möchte keine Geste dieses Wesens verpassen, nicht den leisesten Hauch aus ihrem Mund.

Vor den gebannten Tirolern steht keine Kaiserin aus Wien: Vor ihnen steht ein Wesen aus dem Feenreich im Inneren der Erde.

Selbst Giuliani, der zuvor noch „Mamma mia“ brummte, ist wie gelähmt.

Neben der dunklen Fee steht ein Mädchen. Das muss die vierzehnjährige Erzherzogin Gisela sein? Sie trägt ein weißes Kleid zu blonden Haaren und ist auffallend weniger hübsch als die andere Erscheinung. Es schmerzt dieses Kind sicherlich, neben der eigenen Mutter wie ein Tollpatsch zu wirken, denkt Aloys. Wie verloren sie dasteht, fast unbeholfen.

Doch alle Frauen sind weniger hübsch als die dunkle Fee. Das trifft auch auf alle Frauen zu, die Aloys je kannte. Und auf alle, die er je kennen wird, das weiß er in jenem Moment. Er spürt ein Erstaunen, das in pure Verzweiflung übergeht.

Die Kaiserin befindet sich im 33. Lebensjahr – Aloys kennt alle wichtigen Daten ihres Lebens –, dabei wirkt sie alterslos. Man kann ruhig auf großem Fuß leben bei so einem Antlitz ohne jeden Makel, kommt ihm in den Sinn.

Das ist Betrug, Betrug an all den anderen weiblichen Wesen! Aloys kennt Frauen, eigentlich hübsche Dinger, die das Leben in diesem Alter schon hart angefasst hat. Gehen das Leben und vier Kinder an diesem Geschöpf einfach spurlos vorbei?

Links von der dunklen Fee, ebenfalls im weißen Kleidchen, steht Valerie. Sie ist mit ihren zwei Jahren noch zu jung, um wirklich hübsch zu sein. Doch auch sie steht allein.

Die dunkle Fee berührt keines ihrer Kinder. Sie scheint nicht für diese Welt geschaffen. Für das Profane stehen Kinderfrauen bereit.

Es ist, als ob eine Sternschnuppe mit langem Zauberschweif am Nachthimmel vorbeizieht. Von allem losgelöst, verströmt sie ein magisches, aber kaltes Licht.

Jetzt blickt das Wunderwesen in den Abendhimmel. Oder studiert es die Bergfeuer auf dem Glungezer und dem Patscherkofel? Auf der runden Bergkuppe leuchtet „Elisabeth“ neben einer Rose aus weißem Feuer.

Aloys hat darauf bestanden, dass diese Rose neben dem offiziellen Namen der Kaiserin erglüht. So durchströmt ihn ein Glücksgefühl, als die Betrachterin plötzlich tief in sich versunken scheint. Denkt sie an früher? Denkt sie an die weiße Rose? Denkt sie vielleicht sogar an ihn?

Seine Männer haben Wort gehalten und sich auf die steilsten Höhengrate und Gipfel hinaufgekämpft.

Viele Freiwillige darunter, selbst alte Männer, die noch erstaunlich leichtfüßig sind. Wann kann man schon die Augen einer Kaiserin zum Leuchten bringen?

„Die Tiroler haben das Klettern im Blut", hat er Maestro Giuliani erklärt, als sie über die Motive für die Bergfeuer beratschlagten.

Nun steht der Italiener neben ihm und bringt immer noch kein Wort heraus. So lange hat der noch nie geschwiegen. Aloys spürt, wie sich Schweiß unter seinem Hemdkragen sammelt und ihm den Nacken und die Brust entlangrinnt. Dabei ist der Abend schon kühl. Sein Frack verbirgt den Angstschweiß, zum Glück, denn gleich wird der Bürgermeister ihn und den Italiener der Kaiserin vorstellen.

Giuliani wird der Kaiserin die Bergfeuer kurz erläutern, er selbst die geschmückte Stadt. Die Worte haben sie abgestimmt, um die Kaiserin korrekt und ehrerbietig anzusprechen und sie nicht zu langweilen. Ob Giuliani es wagen wird, seine Malkünste anzupreisen? Das wäre höchst unschicklich.

Zuvor erklingt jedoch Storchs Serenade, so steht es im Programm, das der Bürgermeister der Kaiserin überreicht hat. Aloys hat ihr Exemplar in Goldpapier einbinden lassen.

Selbst Storch wirkt angespannt, die Kiefermuskeln unter seinem Bart zucken, dabei soll seine Musik den Bann von den Menschen lösen. Der vielstimmige Chor, das hochkarätige Orchester.

Doch zunächst möchte der Bürgermeister der Kaiserin die Berge und die zu ihren Ehren so zahlreich erglühenden Bergfeuer erläutern, jedes einzelne Motiv, und dann die eigens für sie komponierte Serenade ankündigen. Doch was tut sie? Sie starrt weiter in die

Ferne, wirkt völlig entrückt. Kometenfern. Als er es erneut versucht, wendet sie sich abrupt ab und dreht dem Mann den Rücken zu. Er steht da wie ein Störenfried.

Aloys fühlt sich an eine Szene erinnert, als die junge Sisi plötzlich ganz in sich gekehrt, ja, abweisend war. Sie schien in ein Refugium abgetaucht, das nur sie betreten durfte. Ist dies die dunkle Seite eines Wesens, das aus anderen Sphären kommt? Bei dem Kind war dieser Rückzug schnell vorüber und wurde abgelöst von eruptiver Heiterkeit.

Sie atmet tief durch. Nun, es bleibt eher bei dem Versuch, denn das Korsett ist fest geschnürt. Heute bin ich im Geschirr. Bin das Paradepferd der Monarchie! So nennt sie das, wenn sie mit ihren Hofdamen scherzt.

Dabei ist sie ja eigentlich nur auf der Durchreise, aber seit sie Tirol erreichte, fühlt sie sich wie in einem Tollhaus. Kein Bahnhof, der nicht geschmückt war, und in Kufstein donnerten Kanonen von der Festung herunter, so laut und endlos, dass Valerie in Tränen ausbrach.

Und überall an den Gleisen harrten Menschentrauben auf ihr Vorbeifahren, diesen flüchtigen Moment. In Hall und vor Innsbruck zischten und rauchten Feuerfunken wie auf einem Schlachtfeld.

Jetzt stehen sie und die Mädchen, dem Schutz des Salonwagens beraubt, inmitten dieses Schlachtfeldes aus Volksfreude. Noch sind die Menschen gebannt, doch bald wird es losbrechen: das wilde Tier. *Der Drache der Begeisterung*, sagt Gisela dazu. Aber sie ist eh ein furchtsames Ding und in einem Alter, nicht mehr Kind und noch nicht Frau, wo man sich nicht gerne anstarren lässt.

Ach, Innsbruck, still warst du einst und unschuldig. So unschuldig, wie ich es war, tönt es in Sisis Kopf.

Sie schnuppert, nimmt Witterung auf. Die Luft riecht nach Bergkiefern, nach eisigen Gebirgsbächen und nach bemoosten Felsen. Kann man Gestein überhaupt riechen?

Sie könnte sich besser konzentrieren, würde der Kerl weniger auf sie einreden, zudem scheppert seine Amtskette und erzeugt ein albernes Geräusch, wenn er sich so mannhaft in die Bresche legt. Genau dies würde die Kaiserin jetzt gerne dem Bürgermeister sagen.

Vielleicht bemerkt er ja, wie sehr er sie stört, wenn sie die Augen schließt?

Blind erkennt sie den Geruch sofort: Es ist ein Duft aus ihrer Kindheit. Er beflügelt ihre Gedanken, erfüllt sie aber auch mit Wehmut.

Wie viele Jahre ist das wohl her? Jahrhunderte, so fühlt es sich an. Wie frei sie damals noch war. Frei genug, um sich unerkannt in der Stadt herumzutreiben, frei genug, um andere Nachtschwärmer zu treffen, einen waschechten Revolutionär sogar, wenn auch nur für ein paar Stunden. Nicht auszudenken, wenn dies die zukünftige Schwiegermutter erfahren hätte. Gut möglich, dass sie jetzt nicht als Kaiserin hier stünde ...

Verflixt, wie hieß der Freigeist doch gleich?

Gewagt waren auch die Wanderungen mit ihren Brüdern und einem Jäger entlang der Nordkette. Man fühlte sich wie auf dem Dach der Welt, ja, selbst die Hofburg mit ihren goldglänzenden Kuppeln verkam zur Spielzeugkulisse.

Die Mutter wollte sie nicht gehen lassen, zeterte ihr übliches: „Elisabeth Amalie Eugenie, dies schickt sich nicht! Und denk an meine Nerven!“ Doch das mütterliche Nervenbündel hatte ihrem kindlichen Schmollmund wenig entgegenzusetzen, denn sie sollte ja immer gut gelaunt sein für die Habsburgerprinzen. Ein Herzkäfer!

Wie naiv sie damals war. Herrje, ausgerechnet jetzt, wo sie vor all diesen Menschen steht, wird es ihr bewusst: In Tirol verbrachte sie ihren letzten Sommer als Kind!

Kaum waren sie zurück in Bayern, verschärfte die Mutter ihre Damendressur. „Sisi, sitz gerade! Sisi, lerne dies, Sisi, lerne jenes. Herrgott, führ dich nicht mehr wie ein Laufbursche auf!“ So ging das tagein, tagaus.

„Ihr sollt hüpfen wie die Gämsen“, gab ihr der Vater damals bei der Abreise mit auf den Weg. Sein Appell für ein letztes Aufbäumen im letzten Kindheitssommer in der Urlandschaft Tirols?

Ihre Liebe zu den Bergen, zum Wasser, zu Tieren hatte sie von ihm. Er entzündete auch das wichtigste Gefühl in ihr: Mut zur Freiheit.

Ja, Freiheit erfordert Mut! Für Frauenzimmer allemal!

Seit sie Kaiserin ist, gehört sie nicht mehr sich selbst, ihr Fleisch und Blut nährt nun den *Drachen der Begeisterung*.

Jeder drängt sich ihr auf, will sie aus der Nähe anstarren, als sei sie ein exotisches Tier. Einige Gaffer würden sogar gerne ein Stück von ihr abschneiden, nicht umsonst wurde eine Kammerzofe dabei ertappt, wie sie ein von ihr getragenes Sommerkleid verkaufen wollte, das sie zuvor in Streifen geschnitten hatte. Schnäuztücher, Fächer und Handschuhe von ihr, meist plumpe

Fälschungen, bringen Spitzenpreise auf dem Schwarzmarkt. Selbst getragene Damenstrümpfe à la Sisi.

Gut, sie verwendet viel Zeit auf ihre Erscheinung, allein das Bändigen ihrer Haare zu einer Frisur, wie es keine zweite auf der Welt gibt, kostet Stunden.

„Die Kaiserin kniet nieder und verneigt sich vor dem Altar ihrer Schönheit", sagen Spötter dazu.

Doch ist sie in der Zeit des Verschönerns untätig? Nein, sie lernt Fremdsprachen, studiert die Antike oder liest ihren Heine.

Zudem gleicht sie ihr Aussehen nur ihrer Rolle an: ihrer Rolle als Bühnenfigur. Was ist eine Kaiserin denn sonst? Dabei sind ihre Gewänder nur Staffage und ihre „kaiserliche Miene" gleicht einer Maske, die sie schützen soll. Schützen vor der schamlosen Neugier und der Niedertracht der Welt. Eigentlich hasst sie diesen Maskenball, dessen Hauptfigur sie ist.

Ja, was geht es diese Leute an, wie es in ihrem Herz aussieht? Es ist doch allemal genug, dass sich ihr jeder aufdrängt, jedes Festkomitee mit ihr schmücken will. Und wirbt nicht fast jeder Lieferant mit irgendwelchem Plunder mit ihrem Antlitz?

Dabei sind Honoratioren und Amtsinhaber besonders lästig. *Nerventod*, so nennt sie diese heimlich. Sie wollen sie belehren und zugleich beeindrucken, zudem machen die *Nerventods* sich durch ihre eitle Mannhaftigkeit und ihre Nähe zu ihr wichtig. Schaut alle her, die Kaiserin hängt an meinen Lippen.

Eitle Narren!

Als so ein *Nerventod* gebärdet sich nun auch der Bürgermeister von Innsbruck. Ach, Innsbruck.

Er will ihr die Höhengrate erklären, die sie ja schon kennt, und die Bergfeuer. Zugegeben, die sind entzückend und glitzern wie Motivbroschen am schwarzen Revers der Nacht.

Aber dieser Aufwand wäre doch gar nicht nötig gewesen. Berge sind auch so wunderschön. Auf den Gipfeln hausen die Götter. Auch dies brachte der Vater ihr bei.

Natürlich hausen sie so weit dort oben. Die Menschheit ist so laut, so ameisenhaft lästig und so vermessen.

Dieser Moment ist doch das beste Beispiel dafür: Sie ist umringt von einem Empfangskomitee aus Wichtigtuern, hört überall die gleichen Reden, steht herum in Hitze oder Kälte, die Luft ist erfüllt von Lärm und dem Gestank von ordinär parfümierten oder verschwitzten Menschen. Einem tosenden Meer an Menschen. Und nun müssen auch ihre Mädchen das aushalten, dabei ist Valerie doch noch so klein.

Ja, sie ist wieder in Innsbruck, aber wie soll sie den Schauplatz glücklicher Kindheitstage genießen? Ihn ungestört ihren Töchtern zeigen? Zu gerne wäre sie wieder ein Wilder in Crusoes Roman, auch wenn die Insel ihrer Erinnerungen hoch in den Bergen liegt. Doch Gisela mag Crusoes Abenteuer gar nicht, es macht ihr Angst.

Sie gleicht ihrem Vater, ist schon jetzt eine Beamtenseele.

Der Bürgermeister gibt nicht auf. Doch er wirkt zunehmend unfroh, Sisi beobachtet ihn aus dem Augenwinkel. Menschen, die ihn näher kennen, wissen, dass Dr. Tschurtschenthaler eigentlich nicht leicht zu erschüttern ist.

Solch eine Missachtung ist er jedoch nicht gewöhnt. Was soll er tun? Man kann der Kaiserin von Österreich und Königin von Ungarn doch nicht einfach auf die Schulter tippen und verkünden: „Frau, du bist Gast in meiner Stadt, also hör mir zu!"

Hilfesuchend blickt er zu den Herren des Festkomitees, dort nur erstaunte Gesichter, also sucht er den Blickkontakt zu Storch.

Der Komponist nickt dem Bürgermeister zu und fordert sogleich die Aufmerksamkeit seines Chores und seiner Musiker ein. Dann erhebt er seinen Taktstock, und „Grün" erklingt. So rettet er die Szene.

Zauberklänge steigen in die Nacht: Frauenstimmen ertönen glockenklar, es jubilieren Geigen, Holzbläser modulieren warm, aber nicht ohne Kraft. Diese Musik verströmt Heiterkeit, eine langgehegte Sehnsucht wird endlich erfüllt. Die Kaiserin ist da!

Der geschmückte Bahnhof und der nicht minder geschmückte Vorplatz verschmelzen zu einem Klangkörper.

Aloys beobachtet, wie die Mienen der Schaulustigen sich entspannen, sie schnappen nach Atem, so als hätten sie – seit dem Erscheinen dieser erschütternd schönen Frau – die Luft tatsächlich angehalten.

Und was macht sie? Die Kaiserin dreht dem Geschehen weiter den Rücken zu: dem Festkomitee, den Musikern und allen Schaulustigen, die sie eben noch verzaubert hat. Ihr schmales Rückgrat krümmt sich. Erstaunlich, dieses Wunderwesen hustet? Vermutlich ist das Korsett zu eng geschnürt, die kaiserliche Taille zerbricht ja fast in der Mitte. Oder ist Ihre Majestät tatsächlich leidend?

Was Aloys nicht ahnt: Sisi leidet auch an ihm! Zumindest an dem, was ihn und seine Leute Wochen an Arbeit, Geld und kreative Hirnergüsse gekostet hat. Sie leidet an diesem *von allem zu viel*, wie sie das nennt. Leidet an der Volksnähe, die jeder von ihr fordert – vor allem ihr Mann und ihre Schwiegermutter.

In den Gazetten ist immer wieder zu lesen, die Kaiserin laboriere an einer Erkrankung der Lunge. Gazetten vermelden aber auch, dass Ihre Majestät sich auf Reisen bester Gesundheit erfreue, selbst als engagierte Reiterin, wobei sie auch ausgedehnte Spaziergänge liebe. Nun, eigentlich Gewaltmärsche, die mitunter ganze Tage andauerten und ihren Hofdamen viel abverlangten. Bewerberinnen würden sogar ausdrücklich auf ihre Gehfähigkeit hin geprüft. Obgleich derartige Indiskretionen wiederum nur die Auslandspresse vermeldet.

Das Rauschen im Blätterwald ist also fragwürdig. Oder ist die Gesundheit der Kaiserin fragwürdig? Was für eine Anmaßung, denkt sich Aloys.

Als die Hustende sich endlich umdreht, verhüllt der schwarze Schleier erneut ihr Gesicht. Es scheint ihr tatsächlich schlecht zu gehen, denn sie signalisiert dem Bürgermeister, sich ihr zu nähern, wenn auch nicht zu sehr. Hinabbeugen muss er sich nicht, die Kaiserin ist so groß gewachsen wie er.

Sie flüstert ihm etwas zu, er wirkt begriffsstutzig und zuckt hilflos mit den Schultern. Endet dies in einem Affront? Es ist unmöglich, den Wunsch einer Kaiserin abzuschlagen, dies wissen alle, die sie beobachten.

Die Kaiserin flüstert erneut, der Bürgermeister wird bleich.

„Ich bitte darum, diese Darbietung abzubrechen. Meine von der Reise ermatteten Kinder halten das nicht mehr aus. Sie zögern? Gut, dann ist das ein Befehl!“ Sisi sieht aus, als seufze ihr schöner Mund. Aber auch ein gehauchter Befehl ist ein Befehl!

Tschurtschenthaler wird erst sehr viel später über diesen Wortlaut sprechen, er schämt sich für seine Ohnmacht. Spürt Zorn.

So zögert er, bis er Storch das entsprechende Zeichen gibt. Zögert zu lange nach Meinung der Kaiserin.

Nun schaut der Musikus verwirrt drein, wieso sollte er die Serenade beenden? Sein Werk ehrt die hohe Frau, feiert ihren Besuch. Dies muss ein Missverständnis sein. Er wendet sich ganz seinen Künstlern zu, mit einem befreiten Lächeln im Gesicht. Ist nicht jeder einzelne Ton, den sie erzeugen, ein Fest?

Unterdessen signalisiert die musikalisch Gefeierte einem Kindermädchen, ihr zu folgen. Die junge Frau ergreift die Hand der kleinen Valerie. Mit zierlichen Schritten, wenn auch erstaunlich geschwind, strebt die Kaiserin dem Bahnhofsvorplatz und der für sie geschmückten Gala-Kutsche zu. Die Kinderfrau und das kleine Mädchen kommen kaum hinterher.

Dies ist im Protokoll keineswegs so vorgesehen, die Kaiserin sollte noch im Bahnhof verweilen, den Reden lauschen, den Darbietungen, den Huldigungen der Elite. Doch was sollen die Diener in ihren extra für diesen Anlass geschneiderten Livreen tun? Was der Kutscher? Einer Kaiserin den verfrühten Einstieg in ihre Kutsche verweigern?

Man öffnet untertänigst die Kutschentür, doch steigt die Kaiserin nicht ein. Der Kinderfrau ist es ohnehin nicht erlaubt, in der kaiserlichen Kutsche mitzufahren. Auch scheint die hohe Frau wieder in einen Gedanken vertieft.

Unterdessen verharrt die vierzehnjährige Gisela vor der Festgemeinde im Bahnhof, nestelt zunehmend unruhig an ihrem weißen Kleid herum. Sie sieht aus wie eine junge Braut vor dem Altar, deren Bräutigam nicht erscheint.

Schließlich hastet sie der Mutter hinterher, steuert jedoch eine andere Kutsche an, die sie sogleich besteigt. Das Mädchen ringt um Fassung.

Jetzt gebärden sich auch die feinen Herren wie aufgescheuchte Hühner und eilen zu den Kutschen. Rennt da nicht sogar der ehrenwerte Herr Bürgermeister mit rasselnder Amtskette und Schritten, als sei der Fuchs hinter ihm her?

Geschieht hier etwas, was anders geplant war? Dies mutmaßen nun viele Betrachter, während weiterhin „Grün" erklingt. Die Serenade wirkt nun wie die Begleitmusik für eine Komödie.

Die Kaiserin scheint sich der Verwirrung, die sie erzeugt, gar nicht bewusst. Oder doch?

Sisi, du bist das Paradepferd und musst dem Publikum zumindest ein Kunststück vorführen, ein wenig Dressur, dann ist es genug, schießt es ihr durch den Kopf.

Sie streift in einer anmutigen Handbewegung den Schleier erneut zurück, lässt sich die kleine Valerie reichen und wendet sich der Menschenmenge zu. Sie winkt und lächelt. Valerie tut es der Mutter mit kurzen Kinderärmchen gleich.

Wie wunderschön diese Frau doch ist, wie herzig die kleine Erzherzogin! Hochrufe werden laut, dazu immer frenetischeres Klatschen.

Die Musik spielt unbeirrt weiter: Sänger und Sängerinnen reißen ihre Münder auf, Musiker bearbeiten ihre Instrumente, der Taktstock des Komponisten zerteilt die Luft. Doch man hört die Künstler nicht mehr. Jetzt dirigiert die Kaiserin die Gefühle der Menschen und sie danken es ihr mit entfesseltem Jubel.

Was interessiert es die Jubelnden, dass der Bürgermeister zwar seine Begrüßung im Bahnhof beendete, aber der Landeshauptmann und der kaiserliche Statthalter von Innsbruck kaum zu Wort kamen. Zudem war es nicht möglich, der Kaiserin das Festkomitee vorzustellen. Und wieso? Weil den Honoratioren die Hauptdarstellerin entfloh.

Die Kaiserin entschied sich gegen die Elite. Ja, jetzt gehört sie ihnen, den Menschen der Straße. Ihren Augen, ihren kreischenden Mündern, ihren Händen, die vom Klatschen schmerzen. Aus der Ferne belauscht klingt Innsbruck wie ein Hornissennest. Ein aufgeregtes Brummen hängt über der Stadt.

Plötzlich verzieht die kleine Erzherzogin die Mundwinkel, als wolle sie weinen.

Die hohe Frau winkt ein letztes Mal – was für ein Strahlen! Kann ein Wesen schöner sein?

Als sie die Kutsche besteigt, ist es, als ob das Licht verlöschte, zumindest erscheint es Aloys so, der sie aus der Ferne beobachtet. Dabei brennen seine Gaslampen so hell, dass es manchem Hinterwäldler unheimlich ist. „Ein Höllenfeuer ist das“, hört er einen sagen.

Die Pferde scharren mit den Hufen und werfen die Köpfe zurück, der Kutscher hat alle Hände voll zu tun, um sie ruhig zu halten. Doch zunächst gibt es kein Fortkommen, weder für die Rösser noch für das erschreckte Kind. Andere Kutschen drängen sich vor jene der Kaiserin. Wie ist das möglich?

Es sind die Kutschen des Bürgermeisters, des Landeshauptmannes und des kaiserlichen und königlichen Statthalters, Hofrat Baron von Ceschi. Deren Drängelei sieht sehr unhöflich aus, doch die Herren müssen der Kaiserin vorausfahren, so fordert es die Sicherheit, so fordert es das Protokoll.

Die Pferde wiehern aufgeregt, als sich um sie herum Lampionträger gruppieren. Die kaiserliche Kutsche ist feierlich beleuchtet, auch dies fordert das Protokoll. Alle sollen erkennen, wo sich die kostbare Fracht befindet.

Der Tross setzt sich in Bewegung. Die Route führt durch die Bahnhofs- und Landhausgasse, die Neustadt, den Stadtplatz, die Hofgasse, am Rennplatz vorbei und durchs untere Tor in die Hofburg.

Die Kutsche der Kaiserin wird mit Hochrufen begrüßt, nebst anderen Zeichen von Euphorie: Menschen werfen ihre Hüte in die Luft, werfen Blumen auf das Gefährt, halten ihre Kinder hoch oder brechen in Tränen aus.

Fackeln, bunte Lampions, Gaslichter und bengalische Feuer machen die Nacht zum Tag. Die Stadt ist ein Hexenkessel. Alle wollen sie einen Blick auf die hohe Frau erhaschen. Dieses liebliche Profil, diese winkende schmale Hand im schwarzen Handschuh.

„Ist sie das, ist sie das wirklich?“, wundern sich einige, die bemerken, dass der Zeitplan nicht stimmt. Die kaiserliche Kutsche rollt früher als vermeldet durch ihre Straße. Seit wann kommt eine Kaiserin zu früh?

Ungläubige halten Fackeln gefährlich nah an die Kutsche, um das Gesicht hinter dem Glas zu studieren.

„Sie ist schön wie ein Engel!"

Derartige Lobesrufe locken noch mehr Schaulustige herbei. Gendarmen schreiten ein und gemeinsam mit einer Ehrenformation der Kaiserjäger stemmen sie sich gegen das Menschengewühl.

Am Goldenen Dachl zündet eine Salve bengalisches Feuer, die vergoldeten Schindeln vervielfältigen die Funkenexplosion wie ein Spiegel. Der Lichtzauber lässt die Pferde scheuen, doch beherzte Innsbrucker greifen in die Zügel und verhindern vielleicht Schlimmes. Immer wieder gibt es Verletzte oder Tote durch scheuende Pferde und umstürzende Kutschen.

Endlich fährt die Kutschenprozession in die Hofburg ein, direkt unter dem riesigen Kronleuchter. Sieht die Kaiserin dessen Schimmer? Hell wie tausend Diamanten. Bemerkt sie, dass man in Innsbruck keine Mühe und keine Kosten für ihren Empfang scheut?

Die Kutsche von Aloys Oberrauch und Giuliani erreicht die Hofburg verspätet, man lässt sie nicht mehr in den Innenhof einfahren.

„Unglaublich! Ich leite das Festkomitee", schimpft Aloys.

„Die Kaiserin möchte nicht mehr gestört werden", erklärt ein Hauptmann der Wache.

„Nicht mehr gestört werden? Das ist ihre Nacht! Die ganze Stadt und die Berge sind ein einziger Festsaal, und wir haben dieses Wunder erschaffen!" Aloys deutet auf sich und Giuliani und stottert fast vor Erregung.

„Soll ich einen ausdrücklichen Befehl der Kaiserin missachten?“

„Sì, naturalmente. Ich bin ein bekannter Künstler, und Ihre Majestät möchte, dass ich sie male!“, ruft Giuliani, reißt sich sein Barett vom Kopf und rauft sich mit beiden Händen die schwarzen Locken.

„Die Herren sind wohl betrunken! Verschwindet, sonst lasse ich euch verhaften“, blafft der Hauptmann in einem Ton, der keinen Zweifel an seiner Entschlossenheit lässt.

„Wir probieren es später nochmals“, beruhigt Aloys Giuliani, der sich einen ganzen Büschel Haare ausgerissen hat.

„Probieren?“ Der Italiener präsentiert dem Hauptmann das Haarbüschel, als sei es ein Skalp. Der ruft nach einer Wachmannschaft, die jedoch gerade einen anderen Tumult beschwichtigt.

„Das ist ein Versehen, das klärt sich auf. Ich kenne alle Würdenträger in dieser Stadt. Kommen Sie!“, redet Aloys auf Giuliani ein. Er zerrt ihn regelrecht aus der Kutsche, und sie drängen sich auf den Platz vor der Hofburg durch.

„Sie hat meine Wappenschilder und die Blumenskulpturen gar nicht gesehen und die Bergfeuer kaum beachtet“, schnaubt Giuliani mit hochrotem Kopf.

„Doch, sie hat alles gesehen und gewürdigt. Ich habe ihre Dankesworte an den Bürgermeister gehört“, besänftigt Aloys. Er behauptet dies nur, denn ihre dahingehauchten Worte waren zwar entzückend, aber rätselhaft. Unglaublich, dass die gleiche Person als Mädchen breites Bayrisch sprach.

„Bei uns soll sie sich bedanken!“, schnauft Giuliani.

„Das wird sie.“

„Und als Wiedergutmachung darf ich sie malen! Großformatig in Öl."

Aloys klopft dem Italiener aufmunternd auf den Rücken.

„Sie soll erst einmal zuhören!", tönt es hinter den Männern. Sie fahren herum und erblicken Storch.

„Es war vielleicht falsch, meine Serenade gleich am Bahnhof darzubieten. Doch wenn die Kaiserin sich ein wenig erholt hat, wird es ihr gefallen." Er deutet auf sein Orchester und den Chor.

„Wenn die Kaiserin auf einen der Balkone tritt, ist es ideal. Das hat mir auch der Bürgermeister versichert, bevor er zu seiner Kutsche gehastet ist", meint er noch.

„Die hohe Frau hält uns ganz schön auf Trab", schmunzelt Aloys.

„Ja, bei uns pressiert es den Frauen, und der Allerschönsten ganz besonders, das weiß jetzt auch der Maestro", witzelt Storch.

Giuliani winkt ab. „Ich kann sie einfangen. Mein Assistent steht mit der Kamera bereit. Tritt sie auf den Balkon, ist sie mein!" Er deutet hinauf.

Die Balkone der Hofburg sind gerade groß genug, dass eine Person oder ein Herrscherpaar von dort der Menge zuwinken kann.

„Für die Balkönchen wurden eigens Teppiche hergestellt, moderne Webteppiche aus sündhaft teurem Moquette. Die Kaiserin soll meinen, sie schwebe auf einer Wolke", sagt Aloys.

„Ich war heut schon über den Wolken. Und dies für die Kaiserin!" Ein Mann mischt sich in das Gespräch. Er ist schon in etwas fortgeschrittenem Alter, und oberhalb seiner buschigen grauen Augenbrauen klebt eine getrocknete Kruste. Auch seine Nasenwurzel ist verkrustet. Er zeigt auf seine Wunden. „Blut hab ich vergossen für sie. Auf der Nordkette am langen Sattel hab ich den Tiroler Adler entzündet. Arschkalt war's und so rutschig, dass ich mich aufs Maul g'legt hab. Aber manche wagen was, während andere nur gescheit daherreden."

Aloys erkennt die Stimme und den Mann: Es ist Odilo aus Galizien. Derjenige, der im Sommer 1848 seinen Esel schlug und den Sisi dafür zurechtwies. Er scheint jedoch nicht zu wissen, dass die Kaiserin dieses vorlaute Mädchen war. Auch Aloys erkennt er nicht.

„Moment, wir sind vom Festkomitee. Wir planen schon seit Wochen." Aloys stellt sich und die Herren Giuliani und Storch vor. „Und der Herr Kapellmeister hat der Kaiserin eine Serenade komponiert. Die erklingt, wenn sie sich zeigt." Er deutet in Richtung des linken Balkons. „Dort müsste sie herauskommen, dahinter liegt der Festsaal, so haben wir es geplant."

„Ich muss sie sehen. Deshalb bin ich ja den Berg herunterg'rannt. Nochmals g'schmissen hat's mich. Nun zwackt auch mein Knie. Hat sich s' denn schon gezeigt?"

„Gezeigt hat sich Ihre Majestät am Bahnhof. Aber nur kurz", erklärt Aloys.

„Nun warten wir auf die Balkonszene. Dabei spiele ich den Romeo", scherzt Giuliani.

„Will sich der fremde Herr über mich lustig machen? Die Kaiserin gehört uns!" In seiner derzeitigen Verfassung mangelt es Odilo anscheinend an Humor.

„Sie gehört allen Menschen, die sie lieben", berichtigt Aloys.

„Nein, heut gehört sie den Tirolern!", wiederholt Odilo im Brustton der Überzeugung und durchbohrt Giuliani mit Blicken.

„Der Wettergott scheint sie auch zu lieben, noch haben wir es trocken“, beschwichtigt Storch. Als säße im Himmel ein Zyniker, prasselt wenig später ein Regenschauer über die Festgemeinde.

Im Inneren der Hofburg versammeln sich unterdessen die Spitzen der Zivilbehörden und des Militärs und stellen sich auf den Treppen und in den Vorgemächern auf. Der Obersthofmeister stellt die Herren der Kaiserin vor. Sie verweilt kurz bei Baron von Ceschi und wechselt auch ein paar Worte mit dem Landeshauptmann und dem Bürgermeister, als wolle sie ihre Ungeduld am Bahnhof wettmachen.

Dann bedankt sich die hohe Frau nochmals für den Schmuck der Stadt und der Berge. Erst jetzt bemerkt Tschurtschenthaler, dass die Herren des Festkomitees fehlen. Doch soll er sich aufregen? Er wird den Dank weiterleiten. Es war ohnehin zu befürchten, dass durch den Übereifer Giulianis eine peinliche Situation entsteht.

Man steht manierlich herum. Den Altgedienten unter den Würdenträgern, naturgemäß sind viele weiße Haarschöpfe darunter, wird der Balanceakt auf den Treppenstufen lästig. Wie lange sollen sie hier noch wie Götzen herumstehen? Bei den Besuchen des Kaisers bittet man sie in einen Salon und reicht ihnen Erfrischungen. Diesen Brauch scheint die Kaiserin nicht zu kennen oder nicht zu schätzen.

Die Konversation gerät ins Stocken und kommt erst wieder in Schwung, als die Kaiserin ankündigt, dass Seine Majestät, der Kaiser, bald wieder Tirol besuchen wird.

„Dürfen wir dann demütig hoffen, dass Eure Majestät, die Kaiserin, den Kaiser begleiten wird?“

Tschurtschenthalers Frage scheint ihr zu missfallen, sie geht einfach darüber hinweg. Sogleich lässt sie sich entschuldigen: Die Reise war lang, die kleine Valerie müsse zu Bett und könne ohne die Mutter nicht ruhen.

Vor der Hofburg und am Rennweg stehen die Menschen Kopf an Kopf. Manche spannen Regenschirme auf und provozieren so den Unmut der Umstehenden.

„Du versperrst den Blick auf die Kaiserin, du Hornochse", ermahnt man den Assistenten von Giuliani. Er hält mit ausgestreckten Armen gleich zwei Schirme hoch: einen über den Maestro und einen über den teuren Apparat.

„Sie ist ja noch gar nicht erschienen. Und wenn sie sich zeigt, bannen wir sie auf Fotoplatten, so gehört die Kaiserin allen", erklärt der Assistent. Giuliani schüttelt den Kopf, hält sich aber mit Worten zurück. Eine Pöbelei mit dem einfachen Volk ist seine Sache nicht. Zudem ist die Stimmung angespannt.

„Was sagen Sie nun? Die schöne Frau lässt uns warten", brummt er, an Aloys und Storch gewandt.

„Man müsste ihr sagen, dass meine Füße eiskalt sind und mein Frack durchweicht", antwortet Aloys und ringt sich ein Grinsen ab.

„Diese ganze Situation ist bisher unter der Würde des Festkomitees und meiner Künstler", beschwert sich Storch und deutet mit dem Taktstock auf die Musiker. Viele schützen ihr Instrument unter ihrer Kleidung. So ragen die Instrumentenkästen der Violinisten oder der Bläser wie dicke Bäuche unter ihren Mänteln hervor.

Dort, wo der Regenschirm seines Assistenten Giuliani nicht schützt, klebt der grüne Samtumhang an ihm wie ein riesiges Spinatblatt. Der Regen weicht auch die Krusten in Odilos Gesicht auf, bald sieht er aus wie frisch verwundet.

Die Liedertafel irgendeines Vereines stimmt die Kaiserhymne an. In der Hoffnung, die Kaiserin so hervorzulocken, stimmen viele Menschen ein.

Dies missfällt wiederum Storch, denn schließlich will er hier musikalisch brillieren! Kaum ist die Hymne verklungen, lässt er seine Serenade anstimmen. Sie hat nun etwas Sakrales, denn die Menschen lauschen andächtig, und aus ihrer feuchten Kleidung steigt Dampf auf.

Kaum ist das erste Lied verklungen, öffnet sich die Tür zum linken Balkon. Die Menschen kreischen auf. Doch es tritt ein Mann an das schmiedeeiserne Geländer und hebt beschwichtigend die Arme. Es wird mucksmäuschenstill.

„Ich bin der Obersthofmeister Ihrer Majestät, der Kaiserin. Sie bedankt sich bei den Bürgern Innsbrucks und bei allen Menschen für den warmen und prächtigen Empfang. Doch die allerhöchsten Herrschaften sind jetzt von der langen Reise ermüdet und bedürfen der Ruhe. So wünscht Ihre Majestät Ihnen allen eine gute Nacht."

So schnell, wie er erschienen ist, verschwindet der Redner wieder vom Balkon, und Vorhänge verwehren Einblicke in den Festsaal dahinter.

Die Menschen sind verwirrt. Was soll das heißen? Sollen sie nach Hause gehen? Nach alldem? Nach ihrem Ausharren im Regen und ihren aufwendigen Vorbereitungen?

„Das ist Betrug, Betrug! Ich warte hier die ganze Nacht!“, brüllt ein Mann und reckt seine Faust in den Nachthimmel. Es ist Odilo. Mit genau dieser Geste hat Aloys ihn in Erinnerung, nur dass er vor über zwanzig Jahren ihn und die jugendliche Sisi mit seiner Schlagfaust bedrohte.

Sofort schwärmen Gendarmen aus, um den Protestierer zu ergreifen. Die Schaulustigen stehen jedoch so dicht, dass Odilo die Flucht in den Hofgarten und in die Dunkelheit gelingt, auch wenn der Flüchtende humpelt. Dies wiederum erzürnt die Gendarmen.

„Macht Platz hier und geht endlich nach Hause“, rufen sie den Menschen zu.

Vereinzelt sind noch Hochrufe auf die Kaiserin zu hören. Bald ist der Platz vor der Hofburg jedoch fast menschenleer.

Nur die Herren vom Festkomitee harren noch aus. Sie stehen herum wie sprichwörtlich begossene Pudel.

„Lärm machen, das ist jetzt verboten“, wird Storch belehrt.

„Lärm?“, wundert er sich. „Ich bin Kapellmeister, wir sind Künstler!“

„Und dieses Monstrum wird unverzüglich entfernt“, fordert ein Gendarm von Giuliani.

„Monstrum? Das ist ein Modell Globus, der modernste Fotoapparat nördlich der Alpen“, empört er sich. Ob dies so seine Richtigkeit hat, ist fraglich, aber der Maestro selbst wäre gerade ein Bildmotiv: eine Momentaufnahme des Jammers.

Regen vermischt mit Tränen rinnt über sein Gesicht, und sein samtener Umhang ist so vollgesaugt mit Wasser, dass ihm das Hantieren mit dem Apparat schwerfällt. Oder zittert er, weil seine Nerven überreizt sind?

Was der Gepeinigte und sein Assistent nicht ahnen: Fast hätten sie die Kaiserin vor ihre Linse bekommen.

Nun, zumindest eine sehr schöne Frau. Sie zu fotografieren und ihr Abbild zu verbreiten, hätte jedoch eine Staatskrise auslösen können – erwog die Kaiserin doch allen Ernstes, ihre Doppelgängerin auf den Balkon zu schicken.

Diese Rolle beherrscht die kaiserliche Friseurin Fanny Angerer gut. Es wäre ja nicht das erste Mal. Zwischen den beiden Frauen besteht eine gewisse Ähnlichkeit, und Fanny ist eine Meisterin der optischen Täuschung. Neider – und es gibt viele, die ihr die Nähe zur Kaiserin neiden – sagen dies auch ihrem Wesen nach.

Doch dann scheute die Kaiserin den Betrug doch. Sie ist ja schon einmal in Innsbruck gewesen, und vielleicht kennt mancher Tiroler sie noch zu gut? Da kann sie schlecht die Angerer vorschicken. Ach, wie sie diese Staatsbalkone hasst.

„Die Tiroler lieben das Kaiserhaus wie Kinder!“, hörte sie schon in Wien. Ist diese Anhänglichkeit ein Segen oder ein Fluch in dieser Nacht?

In einer Entscheidung handelt die Kaiserin jedoch rigoros: Als erste Amtshandlung lässt sie das „Schlafzimmer Ihrer Majestäten“, wie man es hier nennt, umgestalten. Sehr eindeutig umgestalten.

„Das Doppelbett muss hinaus. Sofort! Und lass es ganz hinten im Möbeldepot abstellen. Am dunkelsten Ort“, befiehlt sie Pauline.

Dann lässt sie das Ehebett durch ein Einzelbett ersetzen, auch wenn dieses weniger Blattgold ziert. Sollte der Kaiser auf die Idee kommen, ihr nachzureisen: bitte schön! Anstatt des „Schlafzimmers der Majestäten“ erwartet ihn das verschlossene Schlafzimmer einer Majestät.

„Auf Reisen gehöre ich ganz mir selbst“, flüstert sie noch, als sie die großen Augen der Tiroler Dienstboten bemerkt. Sie ist diesen Leuten natürlich keinerlei Rechenschaft schuldig, aber sie kennt den Klatsch und Tratsch dieses Berufsstandes. Die reden jedoch meist nur hinter verschlossenen Türen, während einige Wiener aus bester Gesellschaft gezielt Boshaftigkeiten über sie verbreiten.

Dass sie einen Liebhaber hätte und womöglich mit einem Sportreiter dem allergnädigsten Kaiser Hörner aufsetzt, gehört zu deren Repertoire. Dass der allergnädigste Kaiser es jedoch selbst mit der Treue nicht so genau nimmt, viel weniger genau als sie, ist ein Geheimnis, das sie nur mit ihrem Leibarzt teilt. Wie sonst wäre jene mysteriöse Erkrankung ihres Unterleibes zu erklären?

Welche Schmach! Aber es ist eine Schmach, über die keine gut verheiratete Frau offen sprechen könnte. So erging es ja schon ihrer Mutter. Erst als alter Mann, der sich die Hörner reichlich abgestoßen hatte, wurde der Vater zur Mutter gut.

Sisi seufzt auf und spürt die Augen der Tiroler Dienstboten auf sich. Ach, diese sich verströmende Körperlichkeit der Männer bringt viel Unglück in die Welt.

Und hat sie ihre eheliche Pflicht nicht schon erfüllt? Ausreichend genug.

Einen gesunden Stammhalter hat sie geboren, dazu drei Töchter. Dass Valerie kein zweiter Stammhalter war, war doch nicht ihre Schuld? Auch wenn man immer von der Schuld der Frauen spricht.

Eine erneute Courbette im Ehegemach? Nein, diese Art der Dressur ist mit ihr nicht mehr zu machen, und sie schmunzelt über ihren Einfall.

Nun macht Pauline erstaunte Augen. „Die Weltgeschichte meint es mit uns Frauen nicht gut", sagt sie zu der Erstaunten, die die Verbannung des kaiserlichen Ehebettes überwacht. Zwar macht Pauline eine höfliche Verbeugung, aber ihr Gesichtsausdruck bleibt angespannt. Dabei kennt sie die Eigenheiten ihrer Herrin. Neuerdings besteht sie ja auch in Wien auf ihr eigenes Schlafgemach.

Und was sagt Sisis Idol zu alldem? „Frauen, die ihre Männer aus dem Schlafgemach ausschließen, sind schlecht für Dichter! Ja, kalte Schenkel und Lippen sind für Dichter nicht gut!" Diese Erkenntnis Heinrich Heines scheint die Kaiserin nicht zu kennen – sie hätte ihr auch missfallen in ihrer prallen Erotik –, obwohl ihr sonst alles aus der Feder des deutschen Dichters gefällt. Er geht sogar mit ihr auf Reisen, begleitet sie auch nach Tirol: als Bild auf ihrer transportablen Reisekommode und als Lieblingslektüre.

„Nur gut, dass diese lauten Menschen nun weg sind", sagt Sisi später und späht durch eine Gardine auf den inzwischen fast verwaisten Platz vor der Hofburg. „Nun kann ich Heines *Romanzero* studieren. Endlich!" Dann betritt sie ihren Schreibsalon mit der blauen Tapete aus Seide. So hat sie es gewünscht.

„Blau beflügelt die Gedanken und zieht sie himmelan!", ruft sie aus und klatscht in die Hände. Stammt das nicht von Goethe?

Doch ihre Freude erstirbt schnell. Wieso möblierte man den Schreibsalon nicht noch mit der geforderten Chaiselongue?

Dann muss sie ihren Heine ja im Schönheitssalon studieren, dort steht so ein Möbel, wenn auch in Farben der Fleischeslust. Nun, das gefällt zumindest dem Meister.

„Pauline, reich mir zum Heine meine warme Milch. Aber heute jene von der Mirli! Die Mirli schmeckt so nussig, so mag ich es."

Pauline lässt in aller Eile einen Dienstboten zum Bahnhof schicken, denn Mirli und Mili verblieben in ihrem Reisewaggon. Er muss die mit Filz isolierte Kanne mitnehmen, doch wird er den Rückweg schaffen, dass die Milch noch kuhwarm ist? Die Kaiserin mag sie nicht aufgewärmt und bemerkt den Versuch sofort.

Vor der Hofburg trotzen immer noch ein paar Gestalten der Witterung. Es sind die Herren des Festkomitees, die sich an dem Gedanken erwärmen, dass – laut Programm – die Kaiserin um acht Uhr die Morgenmesse in der Hofkirche besuchen wird.

„Wir lassen ihr die Engel singen vorm Kirchenportal", sagt Storch, der die Stimmung auch dadurch zu heben versucht, dass er mit seinen Armen herumwedelt, als würde er dirigieren. Dann verpflichtet er seine Musiker und die Singstimmen zum zeitigen Erscheinen. Es wird für sie alle eine kurze Nacht, aber eine voller Hoffnung.

„Wenn die Schönheit dann ausgeschlafen hat und frisch erblüht, fange ich sie ein mit meinem Wunderkasten", ergänzt Giuliani und sieht schon fast wieder wie ein Romeo aus.

„Ja, morgen ist unser Tag!“ Aloys gelingt zum Abschied sogar ein Lächeln.

Dort, wo sich kürzlich noch tausende Menschen zusammendrängten, ertönt bald nur noch das monotone Rauschen des Regens.

Aloys schlägt den Weg zu seiner Wohnung ein. Sicher hat seine Frau Rosenkranz sein Abendessen warmgestellt. Bei derartigem Wetter kocht die gute Seele ihm meist noch eine wärmende Fleischbrühe mit dicken Fettaugen, Wurzelgemüse und einer schmackhaften Einlage vom gestrigen Braten. Er spürt das Wasser in seinem Mund zusammenlaufen.

Nur unweit seiner Haustür drosselt er plötzlich seinen Gang, dreht auf dem Absatz um und strebt in die Richtung, aus der er gerade kam.

„Bist du verrückt geworden?“, fragt er sich. „Nein, du weißt, wie Sisi früher war. Sie war ein Freigeist, ein Nachtwesen, und jetzt ist ihre blaue Stunde“, redet er sich ein, als seine Füße ihn zurück zur Hofburg tragen. Dabei fühlen sich seine Zehen wie Eiszapfen an.

Der Platz vor der Hofburg ist menschenleer, und das Gebäude erweckt den Anschein, dass die Menschen darin schlafen. Nur an einem Seitenfenster der Beletage schimmert noch Licht. Es gelingt Aloys, sich von den Wachen unbemerkt näher heranzupirschen. Er kennt hier jeden Strauch.

Ein Fensterflügel ist geöffnet und eine Frauengestalt lehnt sich hinaus. Sie hält ihr Gesicht in die kühle Nachtluft. In den Regen. Er traut seinen Augen kaum: Es ist die Kaiserin! Ihre Haare sind gelöst und umhüllen ihren Körper wie eine dunkle Manifestation von Energie.

Was macht sie da? Herrje, sie raucht? Das ist Frauen ausdrücklich verboten, zudem ist es unschicklich!

Aloys kennt kein Frauenzimmer, das raucht, zumindest keine ehrbare Person.

Und dennoch ... sie zieht genussvoll an einer Zigarette, bläst Wölkchen in die Luft und schaut ihnen hinterher. Ist sie tagsüber mit ihrer disziplinierten Anmut und ihrer spektakulären Haartracht eine Sensation, ist sie jetzt einfach nur schön.

Die Reise war ermüdend, aber dieser Empfang war eine Tortur, denkt die Frau am Fenster, und aus gerundeten Lippen schwebt ein neues Wölkchen.

Dass die Menschen so übertreiben müssen? Gut, man hat sie vor der Leidenschaft der Tiroler ja schon gewarnt.

Vereinzelt glimmen noch Bergfeuer, sie erinnern sie an taumelnde Glühwürmchen. Als Kind ist sie diesen hinterhergejagt.

Sie spürt eine wohlige Ermattung, seit sie das Korsett und ihre Kostümierung als Kaiserin abgelegt hat, geht ihr Atem wieder frei. Frei sind auch ihre Gedanken. Die Mädchen schlafen, die Bediensteten ruhen, selbst der Platz vor dem Schloss verströmt eine andächtige Stille. Die Nacht macht alle Menschen gleich.

Nun ist sie nur irgendeine Frau, die eine heimliche Zigarette genießt. Alle Genüsse kann man den Männern nicht überlassen.

Wenn sie raucht, ist sie ganz für sich. Sie ist nicht belästigt von ihren Kindern, nicht von ihrem Mann, nicht von ihrer Schwiegermutter und schon gar nicht von irgendeinem Fest- und Empfangskomitee, das eigentlich sich selbst feiert – und zwar durch sie.

„Ich fühle mich dann wie ein geschmückter Maibaum, um den man die Ferkel treibt“, hat sie sich einmal beschwert. Jetzt fällt ihr dieser Einwand wieder ein. Ihr nächster Lungenzug gerät zum Kichern.

Vernimmt er Gelächter? Aloys lauscht in die Nacht hinein. Ja, jetzt kichert die rauchende Frau erneut.

Nachdem sie ihm als Kaiserin fremd war, erinnert ihn die rauchende Sisi an das Naturkind von einst. Sie setzt sich über Etikette und starre Verhaltensregeln für ihr Geschlecht hinweg. Und zwar lustvoll.

Wie muss sich ein Mann fühlen, der dieses von allen Zwängen befreite Wesen in der Nacht berühren darf? Der die Verruchtheit von ihren Lippen küsst?

Er spürt, wie seine Augen feucht werden – der verdammte Regen. Wäre Sisi erheitert, wenn sie wüsste, dass es Zigarren mit ihrem Konterfei gibt? Würde sie vielleicht sogar eine rauchen?

Aloys Oberrauch möchte die Zeit anhalten, möchte seine Sisi ewig aus dem Versteck heraus anstarren: die Wölkchen blasende Frau mit ihrem Gesicht im Regen.

Das Gebüsch ist feucht, der Boden schlammig, Herbstlaub klebt auf seinen Wangen wie wohl überall auf seiner Kleidung. Soll er sich bemerkbar machen? Etwa zu ihr hinaufrufen?

Grüß Gott, Sisi! Hier ist Aloys Oberrauch, du weißt schon – dein falscher Hoflehrer und echter Revolutionär von einst. Der Dieb deiner Pferdedecke. Was hältst du von einem Nachtspaziergang?

Als ihm bewusst wird, wie verrückt dieser Gedanke ist, dringt Hundegebell an sein Ohr.

„Speckbacher, aus! Das ist sicher nur eine Ratte und wir jagen kein Ungeziefer heut. Still sein heißt's, da oben schlafen die feinen Damen."

Aloys kennt die Stimme und den Hund. Grund genug, sich schleunigst davonzumachen.

Am nächsten Morgen ist Aloys nicht der Erste vor der Hofkirche.

„Da kommt die Schlafmütze“, grinst Storch. Aloys verschweigt sein nächtliches Abenteuer. Sonst geht am Ende noch in Innsbruck herum, dass er, der ewige Junggeselle, den Damen auflauert – noch dazu der Kaiserin! Dann könnte er seinen Koffer packen.

Storch bringt seine Musiker und Chorstimmen in Position, während Giulianis Assistent die Kamera vor dem Kirchenportal positioniert und noch an den Holzbeinen herumschraubt.

„Heute geht euer Schatz in meine Falle“, lacht der Maestro. „Deshalb trage ich Rot, die Farbe der Liebe und des siegreichen Feldherren!“ Tatsächlich trägt er einen blutroten Umhang mit aufgestickten Lilien, ein schon anmaßend royales Gewand.

Die Herren vom Festkomitee bekommen lange Gesichter, als sie erfahren, dass der Hofkaplan, Abt Aloys von Wilten, die heilige Messe für die Kaiserin schon längst zelebriert hat. Und zwar schon um sechs Uhr in der Früh im Sterbezimmer des Mannes von Maria Theresia innerhalb der Hofburg. Sie hat dies zu einer Kapelle umbauen lassen, um seiner Seele ewige Fürbitten zu sichern. Von dieser Frühmesse war die Bevölkerung jedoch ausgeschlossen.

Nein, die Kaiserin wird nicht mehr die Hofkirche besuchen!

Aloys sieht die Kutsche des Bürgermeisters auf die Hofburg zufahren, wirft sich fast davor und erzwingt ein Anhalten.

„Oberrauch, sind Sie verrückt geworden? Gestern versäumen Sie den Empfang der Kaiserin, und jetzt komme ich wegen Ihnen zu spät zu ihr."

„Zu spät?"

„Ja, sie macht sich auf den Weg zum Bahnhof."

„Sie gedenkt, unseren reich geschmückten Bahnhof nochmals zu besichtigen? Gut! Ich bin dabei, erläutere ihr alles und hole das Versäumte nach ..."

„Vergessen Sie es. Sie reist ab", unterbricht Tschurtschenthaler.

„Reist ab?"

„Ja, und Ihre Majestät ist wieder in Eile. Man erwartet sie noch heute in Meran. Das haben wir gestern Abend in der Hofburg erfahren. Aber da haben Sie ja gefehlt."

„Wieso wurde das Festkomitee nicht noch informiert?"

„Was hätte das geändert, Oberrauch? Und jetzt lassen Sie mich passieren!"

„Verflixt noch einmal!" Storch, der die Worte des Bürgermeisters gehört hat, brüllt seine Enttäuschung hinaus, gewinnt aber bald seine Fassung zurück. „Auf zum Bahnhof! Meine Serenade, die zur Begrüßung der Kaiserin gedacht war und die sie auch später nicht hören wollte, erklingt nun zu ihrem Abschied", sagt er zu Aloys und Giuliani. „Sie wird meine Musik anhören, das versichere ich!" Und schon nehmen er, seine Musiker und der Chor ihre Beine in die Hand.

Giuliani beschließt, die Kamera an der Ausfahrt der Hofburg aufzubauen, denn der schwere und empfindliche Apparat lässt sich nicht so schnell zum Bahnhof schaffen. Er gibt seinem Assistent noch hektische Anweisungen, als die ersten Kutschen aus der Hofburg rollen. Wie am Vorabend fahren der Bürgermeister, der Landeshauptmann und der kaiserliche Statthalter, Baron von Ceschi, vorneweg. Dann folgt die Gala-Kutsche der Kaiserin mit der kleinen Valerie. Gisela sitzt wieder separat in einem Reisewagen.

„Wie bezaubernd diese Frau wieder ist!“, begeistert sich Giuliani. Diesmal ziert ein braunes Hütchen den Kopf der Kaiserin. Die Geschwindigkeit ihrer Kutsche erlaubt jedoch keine Aufnahme, zudem ist der Apparat noch nicht korrekt in der Höhe justiert.

Giuliani reißt sein rotes Barett vom Kopf, schlägt damit ein paarmal auf seinen Assistenten ein und sinkt dann auf die Knie.

„Madonna, Madonna!“ Sein Verzweiflungsruf erstickt in Schluchzen. Der rote Umhang bedeckt seinen zusammengekrümmten Leib fast wie eine Zeltplane.

Doch dann: Die Kaiserin lässt ihre Kutsche anhalten. Bemerkt sie die Verzweiflung des Fotografen und möchte ihm eine Aufnahme ermöglichen? Nun, es wäre nur ein Profilbild, denn sie steigt nicht aus. Aber immerhin.

Doch die Kaiserin beachtet den Fotografen gar nicht. Ihre Aufmerksamkeit gilt einem seltsamen Paar. Einem in Schwarz gekleideten Mann mit Schlapphut und seinem pechschwarzen Hund. Es ist dem Augenschein nach ein Nachtwächter auf dem Weg nach Hause, denn es ist schon taghell.

„Die Kaiserin hat nur Augen für Sepp“, erklärt Aloys Giuliani, der sich verwundert hochrappelt.

„Diese Vogelscheuche?“, wundert der sich. „Orribile!“

„Der Alte ist ein Original, er streift schon lang durch unsere Gassen. Neuerdings sogar nüchtern und mit diesem riesigen Vieh“, erklärt Aloys noch.

Nun steigt ein Mann aus einer der Kutschen. Es ist der Obersthofmeister, Aloys erkennt ihn sofort. Er eilt zur Kutsche der Kaiserin, und nach einer kurzen Unterredung steuert er auf Sepp zu.

„Ihrer Majestät, der Kaiserin, gefällt der Hund."

„Mir gefällt er auch", antwortet Sepp zwar erstaunt, aber keineswegs eingeschüchtert, und tätschelt Speckbachers quadratischen Schädel. Dann lüpft er seinen Hut in Richtung der kaiserlichen Kutsche.

„Ein ausgebildetes Tier?"

„Oh, ja, mein Speckbacher ist ein Wachhund, ein treuer Gefährte, und er sieht in der Nacht so gut wie eine Katze."

Die Kaiserin winkt den Obersthofmeister wieder zu sich, flüstert ihm etwas zu und übergibt ihm einen kleinen Lederbeutel.

Er eilt zurück zu Sepp. „Ihre Majestät, die Kaiserin, möchte diesen Hund kaufen."

„Ihn kaufen? Hier gibt's nichts zu kaufen!", sagt Sepp entsetzt.

„Das Angebot Ihrer Majestät war keine Frage. Und sie zahlt einen stolzen Preis für den Hund." Der Obersthofmeister reicht Sepp den Beutel, den ihm die Kaiserin übergeben hat.

Sepp wirft ihn zu Boden, Münzen kullern heraus, er tritt sie beiseite. „Nichts da, ich verkaufe meinen besten Freund nicht! An niemanden!" Zornig blickt er zur kaiserlichen Kutsche.

„Herrgott, für die Summe kann man ein Dutzend Hunde kaufen. Und das Tier hat es gut. Ihre Majestät liebt Tiere!"

„Sie hat schon einen Hund dabei, sie braucht meinen nicht", sagt Sepp.

„Oh, doch, sie wünscht sich einen Gefährten für Shadow“, sagt der Obersthofmeister.

„Speckbacher ist mein Gefährte!“ Nun wird Sepp laut.

„Mäßige dich, Nachtwächter! Und ich sage es nochmals: Man schlägt Majestät keinen Wunsch ab!“ Der Ton des Obersthofmeisters wird barsch, und er winkt in Richtung der Kutschen.

Drei Höflinge eilen herbei und zwei Gendarmen.

Die Höflinge, kräftige junge Kerle, kennen sich wohl mit Hunden aus, denn sie ziehen dem nun knurrenden Rüden die Vorderpfoten weg, und der riesige Leib kippt zur Seite. Dann legen sie ihm blitzschnell eine Maulschlinge an und bugsieren das überrumpelte Tier zu ihrer Kutsche. Speckbacher fiept wie ein Welpe.

„Lumpenpack! Diebesgesindel! Hundeentführer!“ Sepp will sich auf die Männer stürzen. Die zwei Gendarmen halten ihn fest, ein dritter muss hinzukommen, um den wütenden Mann zu bändigen.

„Sepp, sei nicht blöd, gib Ruh und nimm das Geld. Oder willst du deine Arbeit verlieren und im Kerker landen?“ So redet einer der Gendarmen, der Sepp gut kennt, auf ihn ein. Auch der Obersthofmeister schaltet sich nochmals ein: „Beruhige dich. Wenn Ihre Majestät, die Kaiserin, wieder zu Besuch kommt, wirst du sehen, wie gut es das Tier hat. Aus dem Straßenköter wird ein Hund mit Manieren. Mit besseren Manieren als du.“

„Wer hat hier keine Manieren?“ Sepp deutet in Richtung der kaiserlichen Kutsche. Ein Gendarm zerrt seinen Arm herunter, der zweite hält ihm den Mund zu.

„Was für ein Zirkus wegen einem Hund! Groß und blöd wie ein Kalb. Und der Bauerntölpel bekommt dafür noch einen Batzen Geld“, wundert sich Giuliani.

Der Kutschentross setzt sich erneut in Bewegung. Die Kaiserin winkt huldvoll und lächelt. Lächelt einmal mehr wie ein Wesen aus einer anderen Welt. Wie sehr sie sich doch von der rauchenden Frau am Fenster unterscheidet. Von deren entspannter Heiterkeit. Deren kindlicher Unschuld.

Aloys wünscht, er hätte die Szene mit dem Hund nicht gesehen. Sepps Verzweiflung. Sicher hat die Kaiserin diese aus ihrer Kutsche gar nicht erkennen können. Oder doch?

Dann besteht diese Frau nur aus zwei Dingen: Arroganz und Magie.

Sisi sah den Ringkampf des Nachtwächters nur aus dem Augenwinkel. Was hätte sie tun sollen? Sich wie eine ordinäre Dienstmagd weit aus der Kutsche lehnen? Oder etwa einschreiten? Ihren Obersthofmeister brüskieren? Das hätte man ihr nur als Schwäche ausgelegt. Die Schwäche eines Weibes. Und der Hundebesitzer sollte sich glücklich schätzen, für so ein kleines Vermögen ließ sich doch leicht Ersatz beschaffen. Wenn auch nicht ein so schönes Tier. Und sicher würden Gisela und Valerie ihre Freude mit dem neuen Hund haben. Nun gab es einen Spielgefährten für jedes der Mädchen.

„Madonna, jetzt gehörst du mir!“, ruft Giuliani und betätigt geistesgegenwärtig den Auslöser seiner Kamera. Er ist genau auf die Kaiserin gerichtet. Ihr selbst im Erstaunen schönes Gesicht.

In diesem Moment springt Speckbacher durch ein offenes Kutschenfenster und rennt auf sein Herrchen zu.

Er ist schnell wieder eingefangen.

Auf dem Bahnhof spielt die Musikkapelle Wilten die Volkshymne. Die Gemeinde Wilten grenzt direkt an den Bahnhof, nur so haben die Musiker es so kurzfristig zum Einsatzort geschafft. Menschen jubeln, aber es ist kein Vergleich zu der Euphorie am Vorabend, denn alle sind von der zeitigen Abreise Ihrer Majestät überrascht.

Gut, sie möchte nach Meran, dort überwintern. Der kleinen Erzherzogin Valerie tut das milde Klima gut, hat die Zeitung berichtet.

Aber wieso reisen die feinen Damen schon heute? Innsbruck hat viel zu bieten, allemal mehr als das ländliche Meran. Dort gibt keinen Bahnhof, keinen wirklich geeigneten Palast, kein Theater, kein Museum, kein rechtes Kaffeehaus. Hier hätte die Kaiserin alles. Und die Sonne scheint doch auch in diesem Teil Tirols? Wieso also diese Flucht?

Als Hofkompositeur Storch am Bahnhof eintrifft, steht die Lokomotive schon unter Dampf, und nur Sekunden später entführt der fauchende Drache aus Stahl die Kaiserin – weit weg von ihm und seiner Serenade.

Einer wähnt sich jedoch im Glück: Maestro Giuliani! Gut, es ist nicht das Glück eines Leonardo da Vinci, dem die schönste Frau seiner Zeit Modell saß. Tagelang hätte er in ihrer Schönheit gebadet, wie in einem Bottich gefüllt mit Gold. Aber er hat sie nun in seinem Guckkasten. Immerhin! Sie gehört jetzt endlich ihm. Ihm allein, obgleich dieses Motiv der bekanntermaßen kamerascheuen Berühmtheit sich gewinnbringend verkaufen ließe.

Als der Maestro später in seiner mobilen Dunkelkammer die belichtete Bildplatte entwickelt – das einzige Bilddokument der Stippvisite der Kaiserin in Innsbruck –, ist er erstaunt. Ja, fassungslos.

Das Jahrhundertlächeln ist zu einer Fratze verwischt. Scharf erkennbar ist allein der Hund.

III.

Innsbruck, 24. März 1871

„Halt, auf ein Wort! Es gibt Neuigkeiten!“ Zur Bekräftigung seiner Worte wedelt Aloys Oberrauch mit der Zeitung durch die Luft. Sie riecht druckfrisch, denn der Tag ist noch jung. Überhaupt scheint es ein prächtiger Tag zu werden. Die Vögel, schon in Brutlaune, veranstalten ein Wunschkonzert und der Hofgarten ist voller Farbtupfer aus Krokussen, Tulpen und Narzissen.

Grau vor Müdigkeit wirkt dagegen das Gesicht des Gerufenen. Es ist Sepp, er beendet nach einer langen Nacht gerade seinen Rundgang.

Ist er irgendwie gealtert seit „dieser Sache mit dem Hund“, fragt sich Aloys? So heißt die Episode in Innsbruck, man erzählt sie meist hinter vorgehaltener Hand, doch seitdem ist Sepp stadtbekannt. Manche sehen in ihm eine Art Märtyrer – wo die Tiroler Volksseele doch eine Vorliebe für Märtyrer hat –, einen Märtyrer der Willkür.

Andere sehen in ihm einen Glückspilz, den ein stinkender Straßenköter reich machte. Und ist es nicht eine Ehre, der allerhöchsten Kaiserin etwas verkaufen zu dürfen? Viele Lieferanten kämpfen Jahrzehnte darum, um als Hoflieferant zu gelten.

Sucht Aloys deshalb Sepps Nähe? Schon hat er ihn erreicht, und anstatt eines Morgengrußes zitiert er sogleich aus dem *Boten für Tirol und Vorarlberg*.

„Ihre Majestät, die Kaiserin, werden heute, Freitagnachmittag um 2 Uhr, mit dem Separatzug in Innsbruck eintreffen und von hier Sonntag, den 26. des Monats, um 8 Uhr früh nach Bozen und Meran abreisen. Auf höchsten Befehl findet kein feierlicher Empfang statt.“

„Guten Morgen und grüß Gott, Herr Advokat Oberrauch! Das weiß ich schon. Wir Nachtwächter wissen alles!“ Sepp tippt sich an seine Stirn, wobei sein schwarzer Schlapphut das meiste davon bedeckt. „Und mit Verlaub, wieso erzählen Sie mir das? Seit wann hat so ein feiner Herr Zeit für einen wie mich?“

„Ich wollte einfach nur hilfreich sein, die Kaiserin bleibt diesmal ja länger.“ Aloys betont das „länger“ fast schon ironisch. „Das gibt dir zwei Tage, um nach deinem Hund zu sehen.“

„Zu sehen? Ich hol meinen Speckbacher nach Haus. Keine Sorge, Majestät kriegt ihr Geld, ich hab keinen Groschen angerührt.“ Sepp zieht einen Lederbeutel unter seinem langen Filzmantel hervor und lässt ihn vor Aloys' Nase baumeln.

„Sapperlot, das nenne ich eine gute Vorbereitung.“

„Ein guter Nachtwächter ist immer vorbereitet. Er kennt alle dunklen Abgründe. Nur, Herr Advokat, bei Ihnen bin ich etwas ratlos.“

„Bei mir?“

„Ja, wundern tu ich mich schon über Sie, denn bei Ihnen liegt etwas im Dunklen.“ Passend zu seinen Worten löscht Sepp fingerfertig seine Laterne.

„Wundern? Über mich? Bei mir liegt was im Dunkeln?“ Aloys lacht auf, aber es klingt gespielt.

„Ja, wenn der hohe Besuch keinen feierlichem Empfang wünscht, so steht es ja in der Zeitung, wieso machen Sie aus der Stadt wieder eine Puppenstube?“

„Ach, darauf willst du hinaus. Hör zu, der Schmuck ist weniger wie beim letzten Besuch. Und sollen wir vom Verschönerungsverein die hohe Frau einfach so durch den Kot auf der Straße fahren lassen?“ Aloys runzelt die Stirn.

„Wenn's nach mir ging, schon!", sagt Sepp ohne Scham. „Ich würd die kaiserliche Kutsche an Misthaufen vorbeifahren lassen. Es gibt in Innsbruck ja noch genug Bauern."

„Du bist dreist!"

„Und Sie übertreiben. Der Bahnhof gleicht einer kitschigen Märchenbude, und Sie beleuchten auch gleich wieder die Berge. Dabei kommt sie bei Tag an, und nachts sperrt sie sich wahrscheinlich wieder in der Hofburg ein."

„Wir haben noch einiges übrig vom letzten Mal: Wappenschilder, ein transportabler Pavillon, Girlanden, Gaslichter, Flaggen ... na ja. Und es ist schlichtweg unmöglich, die Kaiserin von Österreich ohne Ehrenbekundungen zu empfangen. Auch wird sie die Bergfeuer diesmal sicher ausgiebigst bewundern, denn Ihre Majestät reist ohne ihre Töchter an. So meldete es der Telegraf."

„Und Sie glauben ernsthaft, dass sie sich diesmal wie eine Kaiserin benimmt?"

„Vorsicht, das ist Majestätsbeleidigung, das sage ich jetzt als Anwalt." Aloys tritt einen Schritt zurück. Er hat nicht gedacht, dass dieser Nachwächter so forsch auftreten wird. Jene, die ihn gut kennen, meinen, er sei gutmütig. Das scheint nicht mehr zu gelten seit „dieser Sache mit dem Hund".

Doch er will ihn nicht zu scharf angehen, der Kerl könnte ihm noch nützlich sein, nützlich, um mehr über die Kaiserin zu erfahren. Schließlich behauptet er selbst großmäulig, dass Nachtwächter alle Geheimnisse kennen. Zumindest jene der Nacht. Und die Kaiserin ist nun einmal ein Nachtwesen. Zumindest offenbart sie nachts die andere Seite ihres Wesens.

„Ich verstehe ja, dass es schwer ist ohne den Hund“, lenkt er ein.

„Er hat einen Namen, er heißt Speckbacher. Und wie sein berühmter Namensvetter werde ich nicht ruhen, bis ich den Feind besiegt habe. Ich hole ihn mir zurück. Dies ist mein Tiroler Freiheitskrieg!“

„Aber Freund, jetzt geht es wirklich zu weit!“

„Ich bin nicht Ihr Freund, ich bin ein Mann, dem man seinen besten Freund entführt hat!“

„Einen neuen Hund kann man sich leicht beschaffen, und neue Freunde findet man überall“, gibt Aloys zu bedenken.

„Einen Speckbacher find ich nirgendwo. Und Sie, haben Sie in Tirol schon Freunde gefunden als Zugereister? Echte Freunde?“

„Als Zugereister? Lächerlich, ich lebe hier schon seit über zwanzig Jahren.“

„Das ist in Tirol ein Wimpernschlag. Es braucht 400 Jahre, bis man ein echter Tiroler ist“, sagt Sepp im Brustton der Überzeugung.

Aloys muss lachen.

„Na gut, verkürzen wir auf 300 Jahre. Wir Tiroler haben ja ein Herz. Das schlägt auch für das Kaiserhaus, und zwar seit 500 Jahren. Auch wenn die Wiener nicht immer treu zu uns gestanden sind. Ich kenn mich aus mit der Geschichte, Herr Advokat. Wieso heißt mein Hund sonst Speckbacher?“ Sepp richtet einen Zeigefinger auf Aloys wie eine Waffe. Seine Hellebarde hat er schon zuvor an eine Hauswand gelehnt.

„Aber Sepp, du verrennst dich. Das Kaiserhaus liebt die Tiroler doch“, sagt Aloys genervt.

„Seine Majestät, Kaiser Franz Joseph, sicherlich. Aber seine Frau? Vermutlich liebt die nicht einmal meinen armen Speckbacher.“

„Das ist übles Gerede und keine Art, sich zu unterhalten!“

„Da stimme ich dem Herrn Advokat sogar zu. Er möge mich entschuldigen, ich komme zu spät zu einer Verabredung.“ Sepp zieht seinen Hut, greift nach seiner Hellebarde und der großen Laterne und entfernt sich mit schweren Schritten.

Aloys ahnt nicht, dass dieser Tiroler Grantler weit bessere Informationen hat als er. Aus dem inneren Zirkel der Kaiserin, sozusagen. Profunderes als die Zeitung allemal. So schrieb der *Bote von Tirol und Vorarlberg* als Nachlese zum letzten Besuch der Kaiserin den lapidaren Satz: „Majestät erfreute sich ausdrücklich an dem Hund eines Innsbrucker Bürgers.“

Dies war für Aloys der Beweis: Es reicht als Österreicher nicht, das Lesen zu beherrschen – das beherrscht sogar dieser Nachtwächter irgendwie, der Schulpflicht, einem Erbe Maria Theresias, war zu danken –, man muss auch zwischen den Zeilen lesen können. Gerade dort, denn es wird immer noch zensiert. Das ist das Erbe Metternichs, und kein Journalist, der noch länger einer sein möchte, würde es wagen, mit spitzer Feder das Kaiserhaus zu traktieren.

In dem Satz: „Majestät erfreute sich ausdrücklich an dem Hund eines Innsbrucker Bürgers“ verbarg sich eine Zwischen-den-Zeilen-Erkenntnis. Sie verriet: Die Kaiserin interessierte sich mehr für einen verlausten Vierbeiner als für die Bürger und deren immense Anstrengungen, ihr das Land im Gebirge und dessen Hauptstadt wie einen goldenen Teppich zu Füßen zu legen. Und dies war nun wirklich skandalös!

„Ach, Sepp, wenn du wüsstest“, schluchzt Theres und drückt ihre Stirn an seinen Mantel. An ihrer Stimme und an ihren roten Augen erkennt er sogleich, dass sie schon angekommen ist und Verwirrung stiftet unter den Tiroler Dienstboten: Pauline! Sicher eilt sie der Kaiserin voraus, um die Hofburg erneut nach deren Wünschen auszurichten.

Theres deutet auf den Schreibsalon des Sisi-Appartements, denn es versagt ihr die Stimme. Sepp schleicht sich auf Zehenspitzen an und lauscht an der Tür.

„Ist es so schwer zu begreifen, dass das silberne Schreibzeug Ihrer Majestät so gründlich zu polieren ist wie das Tafelsilber?“

„Aber Madame, das Besteck steckt man sich in den Mund und nicht das Schreibzeug. Außerdem haben wir das Schreibzeug poliert, sogar das Tintenfass innen und die Streusandbüchse. Alles glänzt doch?“

„Das nennst du Glanz? Verpflichten sie in Innsbruck nur Lahme und Bildschleichen als Personal? Scher dich hinaus zu dieser unfähigen Theres und schick mir die nächste blinde Kuh!“

Schluchzend stürzt das Mädchen aus der Tür.

Wenig später tritt Sepp durch genau diese Tür und zieht seinen Hut. „Tara! Hier bin ich, mein Täubchen! Und ich hoffe, deine Augen sind gut, hier steht ein prächtiger Mann!“

„Sepp, du erschreckst mich! Und schöner bist du nicht geworden. Du bist hässlich wie die Nacht, in der du dich herumtreibst.“

„Herumtreiben kann ich mich gut, ich kann dir aber auch etwas polieren. Polieren kann ich besonders gut!“ Er macht eine anzügliche Bewegung mit dem Unterleib.

„Kaum erschienen, schon ein Hornochse", schimpft sie.

„Und du bist immer noch die Hexe aus dem Schmirntal! So giftig, wie du tust, wächst an deinem Schatzkästchen der Grünspan. Oder eher Brennnesseln?" Sepp kichert wie ein Schulbub.

„Du Wüstling, ich würde dich hinauswerfen, hätt ich keine Arbeit für dich!"

Sepp wirft Pauline eine Kusshand zu. „Ach, sei mir wieder gut, Pauline. Ich wurde aufgehalten. Aufgehalten von einem Schöntuer."

„Einem Schöntuer. Du meinst doch sicher ein Weibsstück?"

„Oh, du bist eifersüchtig? Wie putzig. Doch, der Schöntuer war ein Mannsbild. Der Direktor des Verschönerungsvereins, so ein Wiener Süßholzraspler."

„Süßholzraspler, wieso?"

„Ich glaub, er ist in deine Herrin verschossen, so deppert, wie er dreinschaut, wenn er ihren Namen erwähnt. Jetzt, wo sie wieder kommt, schmückt er Stadt und Land. Er würde selbst die Berge abtragen lassen, wenn er wüsste, es gefällt ihr."

„Verschossen in die Kaiserin? Das sind die Männer alle." Pauline lacht gekünstelt.

„Nur bis sie sie näher kennenlernen, deine Prinzessin auf der Erbse", sagt Sepp nun barsch.

„Schweig, du Holzkopf, und hilf mir! Alles muss wieder so sein wie beim letzten Mal. Die Gemächer müssen vorgeheizt sein auf 15 Réaumur, destilliertes Wasser muss bereitstehen, alle Türgriffe müssen mit Essigwasser abgewaschen sein. Es muss nach Veilchen duften, kandierte Veilchen müssen bereitstehen und frisches Obst. Vor allem Orangen." Pauline stöhnt auf.

Sepp wedelt mit einer Hand vor seinem Gesicht herum und signalisiert, was er von den Forderungen der Kaiserin hält.

„Auch muss man mir alle Krankheiten melden. Alles Ansteckende."

„Ha! Dann geh ich. Pfiat di Gott, Pauline."

„Bist du krank? Und was ist dein Leiden?"

„Die Liebeskrankheit."

„Sepp, du Depp. Du weißt doch, ich nehme keinen Tiroler Tölpel!"

„Pauline, hör zu, das ist mir jetzt ernst: Ich vermisse den Speckbacher, seit sie ihn mir genommen hat. Früher hatte ich nur Sehnsucht nach meinem Schnaps und danach, dass mein Weib verschwindet. Der Hund hat mir erst gezeigt, was Kameradschaft ist."

Sepp wendet sich ab und wischt sich verschämt eine Träne aus dem Augenwinkel.

Pauline zögert zunächst, legt ihm dann aber tröstend eine Hand auf den Rücken. „Es geht ihm gut in Meran."

„Bei mir geht es ihm besser", räuspert sich Sepp und rotzt in seine Armbeuge.

Pauline schaut angewidert und nimmt ihre Hand von seinem Rücken. Sie studiert nun ihre Handfläche, um zu sehen, ob auch darin Rotz klebt. Vorsorglich wischt sie sie an Sepps Gewand ab.

„Meinst du, sie bringt ihn zurück?", schnieft Sepp jetzt.

„Ob sie ihn bringt, kann ich nicht sagen. Du weißt ja, wie sie ist. Ich weiß nur, sie reist ohne die Erzherzoginnen. Die kleine Valerie bleibt mit ihrer Erzieherin in Meran und Gisela hat sie nach Wien gebracht, die soll sich dort in der Gesellschaft zeigen. Sie möchte sie bald verheiraten."

„Verheiraten, das ist ja noch ein halbes Kind?“

„Wohl, aber auch dein Hund hat etwas mit dieser Eile zu tun.“

„Mein Speckbacher? Deshalb soll das Mädel heiraten? Du redest wirr ...“

„Lass mich erklären, aber nur kurz, dann müssen wir uns sputen.“

Sepp nickt entschlossen.

„Also, Gisela hat aus Meran an ihren Vater geschrieben und die Sache mit deinem Hund erwähnt. Der Kaiser war außer sich. Das hat die Kluft zwischen der Kaiserin und dem unglücklichen Mädchen vergrößert. Sie kommt halt schon sehr nach ihrem Vater.

Außerdem stört es die Kaiserin, die ewig jung und schön sein möchte, dass man am Alter der nun schon fast erwachsenen Gisela auf ihr fortschreitendes Alter schließen kann. Dabei schaut sie ja immer noch fantastisch aus. Aber der Preis dafür ist hoch ...“

„Wolltest du dich nicht kurz fassen? Was interessiert mich die Eitelkeit dieser Henne? Komm zum Speckbacher zurück“, unterbricht Sepp.

„Ach, Sepp, du bist schon wieder unverschämt. Ich wollte doch noch vom Unmut des Kaisers berichten. Er hat nämlich von seinem Statthalter erfahren, dass sich die Kaiserin vom Volk ferngehalten hat. Dass sie nicht auf den Balkon getreten ist, nicht die für sie komponierte Serenade gewürdigt hat und das Programm durcheinandergebracht hat. Sie hat die Innsbrucker ja sprichwörtlich im Regen stehen lassen.“

„Mich selbst fröstelte bei dem Sauwetter und ich bin zäh.“

Pauline holt tief Luft. „Also, der Kaiser hat seine Frau gemaßregelt und seine Mutter Sophie ebenfalls. Dass ihre Schwiegermutter von dem Fauxpas in Innsbruck erfahren hat, hat sie maßlos geärgert. Sie ist ja auch deshalb so viel unterwegs, um ihr zu entfliehen."

„Und was haben der Kaiser und seine Mutter gesagt?", fragt Sepp ungeduldig.

„Du musst dich volksnah geben und bei deinem nächsten Besuch in Innsbruck die Wogen glätten, haben sie geschrieben."

„Du liest ihre Post?"

Pauline verdreht die Augen und zuckt mit den Schultern.

Sepp schüttelt den Kopf. „Na dann sollen die feinen Herrschaften in Wien mal schreiben, Madame soll mir meinen Speckbacher zurückbringen! Kannst du so einen Brief nicht einfach fälschen?"

„Ach, Sepp, du Depp! Das geht wieder zu weit", schimpft Pauline.

Er stöhnt laut, als ob er körperlichen Schmerz empfände, und stiefelt mit hängendem Kopf ziellos in dem Salon herum.

„Also, wie geht es meinem Kamerad?", will er dann wissen und sein Blick verdunkelt sich noch mehr.

„Am Anfang hat er jeden Bissen verweigert, selbst das gute Kalbsfleisch, das man den Hunden der Kaiserin auf Porzellantellern serviert. Ich hab gedacht, er stirbt."

Sepp kullern Tränen über das Gesicht, er wischt sie mit dem Handrücken weg.

„Dann ist mir eingefallen, dass er gerne Speck frisst. So hast du es erzählt."

Sepps Miene hellt sich auf. „Ist halt ein echter Tiroler", bricht aus ihm hervor. Dann rotzt er erneut in seine Armbeuge.

Pauline schüttelt sich vor Ekel, fährt aber fort: „Speck gibt es aber nicht auf Schloss Trauttmansdorff.

Die Kaiserin verabscheut Bauernkost und alles Fette. Deshalb habe ich in Meran welchen besorgt, und dein Hund hat ihn mir aus der Hand gefressen. Seitdem frisst er wieder."

Sepp macht Anstalten, Pauline zu umarmen, was sie abwehrt. Dabei deutet sie mit dem Finger auf seine Armbeuge, in der der Nasenschleim noch schillert.

„Aber er hat immer noch getrauert. Ich hab an deine Worte denken müssen: ‚Speckbacher badet gerne in der Sill und im Inn.' Also habe ich ihn an die Passer geführt. Da hat er geplanscht wie eine Ente und vor Glück gebellt. Shadow, der ihn deutlich überragt, ist wasserscheu wie eine Katze."

Sepp klatscht in die Hände, es gelingt ihm sogar ein Grinsen: „Mein Speckbacher ist halt ein Tiroler Naturbursche!"

„Moment, dem Namen nach ist er jetzt Engländer."

„Wieso?"

„Sepp, du musst jetzt stark sein. Die Kaiserin hat ihn in Houseguard umbenannt."

„In was?

„Houseguard heißt Hauswächter."

„Dazu hat sie kein Recht! Was soll dieser saudumme Name?"

„Die Kaiserin spricht Englisch und bewundert alles, was aus England kommt. Das hat sie von ihrem Vater. Aber du kannst stolz auf deinen Hund sein, er bewacht das Haus gut. Vor allem bei Nacht – da schnarcht Shadow bei der Kaiserin im Schlafgemach. Leidtragende sind vor allem Dienstboten, die sich auf Trauttmansdorff hinein- oder hinausschleichen wollen. Einem Herzensbrecher, er hatte ein Stelldichein mit einer Meraner Witwe, wir nennen ihn den Witwenschüttler, hat er jüngst das Hosenbein zerfetzt."

Sepp lacht auf. „Das hab ich ihm beigebracht, ein Nachtwächterhund muss wachsam sein! Ach Pauline, sie muss ihn mitbringen! Und sie wird ihn mitbringen!"

„Freu dich nicht zu früh, denk an ihre Launen. Hier zwei neue Beispiele. Als wir bei unserem letzten Besuch im Oktober Bozen erreicht haben, war der Bahnhof fast so reich geschmückt wie in Innsbruck. Und unzählige Schaulustige waren da, um die Kaiserin zu empfangen. Die Bürger haben sogar Teppiche aus ihren Häusern auf die Straßen gelegt, als Zeichen ihrer Ehrerbietung."

„Diese verrückten Bozner", brummt Sepp und tippt sich an die Stirn.

Pauline winkt ab und fährt fort. „Es wurde die Kaiserhymne gespielt und der Bürgermeister und eine Ehrendelegation haben die Kaiserin begrüßt, das kennt man ja. Ein geschmückter Festsaal war für den Nachmittagskaffee vorbereitet, es waren sogar Gemächer bereit, um sich auszuruhen. Und was macht die Kaiserin?"

„Sicher nichts Gescheites?", brummt Sepp.

„Sie hat sich in ihren Salonwagen zurückgezogen und ihren Kaffee dort getrunken. Unterdessen sind der Bürgermeister von Bozen und eine Ehrendelegation mit langen Gesichtern vor unserem Zug gestanden. Und das eine geschlagene Dreiviertelstunde lang!

Als die Kaiserin schließlich ihren Kaffee ausgetrunken hatte, haben wir die Stadt sogleich verlassen, denn nun waren die Reisekutschen bereit, Majestät und uns alle nach Meran zu bringen."

„Das ist grob, das bemerkt sogar ein Lackl wie ich", sagt Sepp. „Und das zweite Beispiel?"

„Jetzt geht es in die Politik."

„Herrje", ächzt Sepp.

„Das musst du aushalten. Also, im Herbst ist nach Aufständen in Paris ja die Republik ausgerufen worden. Die Truppen des gestärkten Italiens haben Sisis Schwester vertrieben, die Ex-Königin von Neapel, und die Deutschen haben Kaiser Wilhelm zum Kaiser erklärt."

„Was kümmert mich das?"

„Willst du nicht zuhören? Du willst doch die Kaiserin verstehen?", tönt Pauline barsch.

„Will ich das? Ich will meinen Hund!"

Pauline macht ein Zeichen mit der Hand, als ob sie Sepp den Hals abschneiden wolle. „Also, dies alles schwächt die Position Österreichs in der Welt. Deshalb hat der Kaiser seine Frau, die in diesem Jahr eh fast nur unterwegs war, gebeten, bei ihm in Wien zu bleiben. Das wäre ein wichtiges Zeichen in dieser schwierigen Zeit. Und was macht sie?"

„Ja, was macht sie?", äfft Sepp Pauline nach.

„Na, sie beschließt, in Meran zu überwintern. So ist das Ehepaar monatelang getrennt. Getrennt ist sie dann auch von Rudolf, und der ist wiederum von seinen Schwestern getrennt, an denen er sehr hängt. Schließlich ist der Bub ja auch erst zwölf."

„Oh, auch das ist grob", sagt Sepp.

„Er hat die Mutter sogar gebeten, dem Papa eine Stütze zu sein."

Sepp schüttelt erneut den Kopf, der Bub tut ihm leid.

„Es scheint, als ob die Gefühle anderer die Kaiserin kaum berühren und die Weltpolitik erst recht nicht. Es sei denn, es geht um Ungarn. Kommen eine französische oder eine deutsche Delegation nach Wien, lässt sie sich entschuldigen. Kommt ein glutäugiger, halbwilder Ungar, stürmt sie aus ihrem Salon und empfängt ihn auf das Liebenswürdigste."

„Das nenn ich eine verrückte Henne. Das hab ich aber ja schon vorher gewusst“, stöhnt Sepp.

„Zumindest ist die Kaiserin für Überraschungen gut. Es macht ihr Spaß, Menschen zu verblüffen. Sie kommt entweder zu früh oder zu spät. Mag sich nicht einordnen lassen. Hat seltsame Gewohnheiten. Ich kann nur sagen: Langweilig wird es mit ihr nie!“

„Eine ihrer geheimen Sünden kenne ich“, sagt Sepp und zwinkert Pauline zu.

„Was weißt du denn schon von ihr?“, fährt Pauline auf.

„Vergiss nicht, ich arbeite nachts, mein Täubchen!“

Pauline bläst die Backen auf.

„Zum Beispiel weiß ich, dass deine feine Herrin raucht. Vielleicht macht sie ja deshalb nicht das Maul auf beim Lachen.“ Sepp grinst Pauline an, sie scheint sprachlos vor Entrüstung und stampft mit dem Fuß auf.

„Und ich weiß auch, dass ein Kerl sie bei ihrem letzten Besuch dabei beobachtet hat, weil er vor ihrem Fenster herumgelungert ist“, fährt Sepp fort.

„Und wieso greifst du ihn nicht an und rufst nach den Wachen?“, empört sich Pauline.

„Ich beobachte, bevor ich losschlage. Ich bin doch kein verdammtes Sturmkommando. Zudem ist dieser Kerl harmlos, ein Spinner zwar, aber kein gedungener Mörder.“

„Und woher wusstest du das, um Himmels willen?“ Pauline klingt hysterisch.

„Weil ich den Kerl kenne. Es ist der, der mich vorhin angesprochen hat, die Nervensäge vom Verschönerungsverein, der feine Herr Advokat.“

„Und warum hast du dem Kerl diese Schweinerei nicht auf den Kopf zugesagt?“, schnaubt Pauline und stemmt ihre Arme in die Hüften.

„Weil ich ihn noch brauchen kann, vielleicht muss ich meinen Speckbacher ja über das Gericht beschaffen lassen."

„Ein Nachtwächter verklagt die Kaiserin von Österreich? Und das wegen einem Hund, einer Promenadenmischung, die sie ihm teuer bezahlt hat? Sepp, du Depp, du bist noch viel dümmer, als ich geglaubt hab. Da lacht die ganze Welt!" Pauline lacht schrill und zeigt Sepp den Vogel.

„Hexe aus dem Schmirntal, unsereins hat auch Rechte. Und eine Kaiserin ist nicht der liebe Gott. Das vergesst ihr Hofschranzen und Speichellecker gern. Tanzt nur weiter nach ihren kindischen Launen. Aber wer zuletzt lacht, der lacht am besten!"

Und damit stürmt Sepp mit festen Schritten aus dem Salon – vorbei an einer sprachlosen Pauline.

„Um dreiviertel eins Uhr nachmittags betraten Ihre Majestät, unsere allergnädigste Kaiserin, zum zweiten Male die Landeshauptstadt Tirols. Gegend und Stadt boten diesmal im schönsten Frühlingswetter ein freundlicheres Bild als an jenem rauen Herbstabend, an welchem Ihre Majestät voriges Jahr zum ersten Mal als Landesfürstin in Innsbruck ihren Einzug gehalten hatte.

Am Bahnhof hatte sich – nebst Ihren Exzellenzen, dem neuen Herrn Statthalter, Graf Caspar von Lodron-Laterano, und dem Herrn Landeskommandierenden, dem Herrn Landeshauptmann und dem Herrn Bürgermeister – eine zahlreiche Volksmenge zum Empfang Ihrer Majestät eingefunden, welche Letztere mit lebhaften Hochrufen begrüßte.

Obwohl jeder festliche Empfang von Ihrer Majestät abgelehnt worden war, so wurden vom Festkomitee und allzeit treuen Bewohnern Innsbrucks die Straßen beflaggt.

Vor der Hofburg harrte ebenfalls eine große Volksmenge auf die Anfahrt Ihrer Majestät, während welcher die dortselbst aufgestellte Ehrenkompagnie der Kaiserjäger und die Erzherzog-Rainer-Kompagnie die militärischen Ehrenbezeugungen leisteten.

Ihre Majestät verließen an diesem Tag ihre Appartements jedoch nicht mehr und es unterblieb auch auf allerhöchsten Wunsch die beabsichtigt gewesene Platzmusik vor der Hofburg."

So wird es der *Bote von Tirol und Vorarlberg* nach der Abreise der Kaiserin, am 27. März 1871, berichten.

Die Schreiberlinge lassen jedoch unerwähnt, dass „die beabsichtigt gewesene Platzmusik" Anton Storchs Serenade ist, und zwar jene, die er schon für den Herbstbesuch schuf.

In dem Empfinden, man könne einer Kaiserin nicht zweimal das Gleiche bieten, komponierte er die Anfangssequenz von „Grün" ganz neu. Weiter war er ja vorigen Oktober nie gekommen.

Am Ankunftsabend des zweiten Besuches der Kaiserin steht Storch also erneut vor seinem „Schicksalsbalkönchen", wie er den Balkon der Hofburg nun nennt. Steht dort einmal mehr mit seinen Musikern. Aloys Oberrauch harrt mit ihnen aus.

Da Ihre Majestät auch nach Einbruch der Dunkelheit in ihren Appartements verbleibt, entgeht ihr auch jegliches Bergfeuer. Wieder einmal schimmern der Tiroler Adler, das brennende Herz Jesu, Feuerrosen und die Namenszüge Elisabeths nicht nur von der Nordkette, sondern von allen Höhenlagen rund um Innsbruck. Diesmal leuchten sogar ein Wolf und ein Murmeltier. Dass die Kaiserin Tiere mag, hat sich herumgesprochen.

Da die Kaiserin jedoch in ihrem Appartement verbleibt, erschließt sich ihr diese Pracht kaum.

Im Stimmengewirr der Wartenden wird eine plötzlich ganz laut: „Wir entzünden Feuer, wir riskieren unser Leben, und was ist der Dank? Betrug! Betrug!“ Der Mann, der seine Enttäuschung hinausschreit, reckt auch seine Hand in die Höhe, als wolle er die Luft durchschneiden, und ballt sie dann zur Faust.

Aloys weiß sofort: Es ist Odilo. Er ist wieder unter den Freiwilligen, um die Kaiserin mit der Schönheit dieses riskanten Spektakels zu verzaubern. So war es jedenfalls gedacht.

Allmählich werden auch andere Menschen unruhig, doch Anton Storchs „Schicksalsbalkönchen“ bleibt leer. Nicht einmal der Obersthofmeister erscheint, um den Wartenden eine Entscheidung der Kaiserin kundzutun.

„Ich gehe jetzt entweder Ihnen an den Kragen, weil Sie mich zum Wiederkommen überredet haben, oder ich tue mir etwas an!“, platzt Storch plötzlich hervor. Dazu wirft er Aloys einen Blick zu, der ebenso wie die Drohung dem Naturell dieses kultivierten Mannes widerspricht.

Aloys ist inzwischen heilfroh, dass Maestro Giuliani abgesagt hat. Der wäre noch emotionaler. Wobei ein angedrohter Mord oder Selbstmord auch nicht zu unterschätzen ist.

Plötzlich dringt ein Ruf aus Aloys’ Kehle, direkt aus dem schreckverkrampften Bauch: „Platzwechsel! Platzwechsel an einen Wein-Ausschank!“ Und schon zieht er den jetzt seinerseits verblüfften Storch am Ärmel seines Dirigentenfracks mit sich. Als der sich schließlich wehrt, brüllt er ihn an: „Welcher Ritter stirbt schon gerne auf einem Feld der Ehre, wenn es die Dame des Herzens gar nicht interessiert?"

Storch reißt die Augen auf und scheint nachzudenken. „Wärmende Getränke erwärmen auch kalte Herzen", sagt er dann.

„Und sie helfen gegen kalten Fußpilz, denn meine Füße fallen gleich ab", seufzt Aloys.

Ja, dieser Märzabend ist doch noch empfindlich kühl. Schließlich liegt Innsbruck im Herzen der Alpen, und dies bestimmt auch seinen spektakulären Charme.

Aloys führt seine Schützlinge in das „Weiße Rössl". Dem Augenschein nach ist es eher eine Spelunke, aber der Weinkeller gilt als gut. So tröstete der Tiroler Vernatsch auch schon Andreas Hofer, als die Habsburger ihm ihre Liebe entzogen.

Ganz hinten am Tresen erspäht Aloys Odilo. „Scheint ein beliebter Fluchtort zu sein", sagt er zu Storch, als auch noch Sepp auftaucht. „Keinen Dienst heute, Nachtwächter? Es gibt doch viel zu beschützen?" Aloys prostet Sepp zu.

Da spricht schon der Rote aus ihm, nüchtern würde er das nie tun.

„Gespenster beschütze ich nicht. Und Gespenster, die Hunde entführen, gleich zweimal nicht. Diese Person hat mir meinen Speckbacher nicht mitgebracht!"

In dieser Nacht fängt Sepp wieder mit dem Trinken an, und auch Aloys bemerkt, wie Rotwein einer zerknirschten Männerseele guttut.

All jene Szenen und inneren Verwerfungen werden sich also hinter dem lapidaren Zeitungsbericht verbergen: „Ihre Majestät verließen an diesem Tag ihre Appartements jedoch nicht mehr und es unterblieb auch auf allerhöchsten Wunsch die beabsichtigt gewesene Platzmusik vor der Hofburg.“

Am nächsten Morgen – ein weiterer Frühlingstag kündigt sich an, der noch prächtiger wäre, würde Aloys der Schädel nicht so brummen – erfährt er, dass der Obersthofmeister doch noch Storchs „Schicksalsbalkönchen" betreten und kundgetan hat: „Auf allerhöchsten Wunsch hat die Platzmusik zu unterbleiben!" Daher also die Formulierung in der Zeitung.

Storch interpretiert dies jedoch als seinen Triumph: „Oberrauch, stellen Sie sich vor, die Kaiserin hätte gewünscht, meine Serenade zu hören, dann hätte es keine mehr für sie gegeben. Nicht einen einzigen Ton! Da waren wir nämlich schon halb betrunken. Ha!"

Aloys dämmert, was Missachtung aus Menschen macht. So lächelt er nur bescheiden über Storchs Galgenhumor. Zudem ist seine Verfassung an diesem Katermorgen großen Gefühlsausbrüchen noch abgeneigt. Überhaupt scheint Storch trinkfester zu sein als der Advokat.

„Wann hat jemals ein blasser Advokat einen Künstler im Trinken besiegt?" – war das nicht einer seiner Späße letzte Nacht in der Spelunke?

Aloys ordnet seine Gedanken: „Heute Abend findet die Hoftafel statt, die Kaiserin hat zugesagt, da können Sie groß aufspielen. Ja, seien Sie froh, dass sie gestern Ihre Serenade nicht hören wollte, sonst wäre sie jetzt verbraucht!"

Er versucht, seiner rauen Stimme Überzeugungskraft zu geben. Ach, eine Schale Kaffee täte ihm jetzt gut.

„Oberrauch, ich habe der Kaiserin schon vergeben, gedankt sei's dem Tiroler Wein. Majestät ist wie der Vesuv, beeindruckend, aber unberechenbar. Und trotzdem: Alle, die die Bucht von Neapel näher kennen, leben gerne mit dieser Lebensgefahr."

„Und dann: Puff!“, ergänzt Aloys, wirft die Hände in die Luft und deutet eine Explosion an.

Heiter gehen die Männer auseinander. Storch eilt zu seinen Musikern, es geht um den letzten Schliff. Schließlich ist es etwas anderes, im Festsaal der Hofburg zu konzertieren, als auf der Straße aufzuspielen. Aloys nähert sich seinem ersten Kaffee. Endlich!

Das späte Besuchsprogramm der Kaiserin erlaubt ihm mehrere Tassen. Um 11 Uhr, auf den Glockenschlag der Hofkirche pünktlich, betritt sie das Adelige Damenstift. Genau dort nächtigte sie als Elfjährige mit ihrer Schwester Néné und mit ihrer Mutter. Dass dies im Revolutionssommer geschah und mit der Flucht des Kaisers nach Innsbruck und somit auch mit dem Unmut der Bürger Wiens zusammenhängt, bleibt unerwähnt. Natürlich.

„Ich habe nur gute Erinnerungen an diese Zeit“, sagt die Kaiserin zuckersüß und zaubert ein Lächeln auf Gesichter, die des Lachens entwöhnt zu sein scheinen. Es geht hier sehr sittsam und gottesfürchtig zu, auf dieser Insel der Seligen, so nah und doch so fern von der Welt. Vom Brausen der Stadt und ihren Menschen mit all ihren Flausen, Nöten und Sorgen.

Die Worte der Kaiserin werden Aloys überbracht, denn männliche Besucher sind im Adeligen Damenstift Maria Theresias und auch im graf-wolkensteinschen Damenstift, das sie anschließend besucht, nicht erwünscht. Auch wenn es etwas weniger feine Damen beherbergt.

Wenn sie „nur gute Erinnerungen“ an das Adelige Damenstift in Innsbruck hat, wieso ist Sisi dann gleich in ihrer ersten Nacht ins Freie geflohen?, fragt sich Aloys.

Später gelten die Besuche der Kaiserin den Kranken und Notleidenden Innsbrucks. Zunächst besucht sie das Zivilspital, dann die Kleinkinder-Bewahranstalt in Sankt Nikolaus auf der anderen Seite des Inns.

Dorthin darf Aloys die Kaiserin begleiten. Auch wenn er gebührenden Abstand von ihr halten muss und ihr nicht persönlich vorgestellt wird, was ihn schmerzt. Doch die Höflinge, Hofdamen und die Beschützer der Kaiserin, die sie umschwirren, lassen außer den offiziellen Begleitern keinen Mann näher an sie heran – allein den Statthalter und den Bürgermeister.

Aber sie lässt ihr Licht auf Aloys erstrahlen – und auf weit ärmere Geschöpfe als ihn. Sie verdienen einen Besuch dieser guten Fee, denn als solche tritt sie auf. Aloys kann die Augen kaum von ihr lösen. Vergessen ist seine Übelkeit nach einer durchzechten Nacht, jetzt durchströmt ihn wieder dieses einzigartige Gefühl, das er empfindet, wenn er ihre körperliche Nähe spürt. Er nennt dies „sein Bad in Schönheit“, wenn er darüber spricht – in Selbstgesprächen, wohlgemerkt. Wem soll er sein Empfinden sonst mitteilen? Etwa seiner spröden Frau Rosenkranz daheim, den Wichtigtuern im Stadtparlament oder den Besserwissern im Verschönerungsverein?

Natürlich ist die Kaiserin wieder entzückend, wobei das Wort sie viel zu bescheiden beschreibt. Ihr braunes Kleid, es scheint ein Reisekostüm zu sein, ist schlicht gehalten, ganz ohne Firlefanz. Sie trägt keinen sichtbaren Schmuck, auch keine Ohrringe. Das Kleid besticht allein durch seinen Schnitt und die Frau, die es trägt. Ihre Grazie, ihre schmalen, langen Glieder, ihre Haltung. Aloys kennt keine Frau, die solche auf die Figur geschnittenen Kleider trägt, und auch keine, der dies so gut stünde. Trotz aller Gewagtheit wirkt die Kaiserin hochelegant. Dabei ist sie keine Modepuppe, die die neuesten Flausen aus Paris oder London vorführt, sondern sie hat ihren eigenen Stil.

Auch passt der Farbton ideal zur Farbe ihrer Pupillen: ein warmes erdiges Braun. Ihre Augen stehen immer noch leicht schräg. „Sisi, das Katzenartige ist dir geblieben", machte er ihr jüngst zum Kompliment – in einem seiner Selbstgespräche.

Die Kaiserin schenkt allen ein kleines Lächeln. Es ist dieses Sisi-Lächeln mit geschlossenem Mund, aber es lächeln auch ihre Augen. Sie verteilt Geschenke: seidene Bänder und Halstüchlein, Stoffpuppen, Konfekt und kleine Päckchen mit Kaffee und Tabak, die Hofdamen ihr reichen. Dazu erhält jede besuchte Institution noch ein Geldpräsent. Sie scheint wirklich daran interessiert, das Leid zu mindern.

Doch mit den Beschenkten unterhält sie sich nicht wirklich, nur ein paar freundliche Worte, die Aloys nicht immer gut versteht. Offenbar treibt sie überhaupt nicht gerne Konversation, vertraut ganz auf ihre Ausstrahlung. Geschwätzigkeit, die man Frauenzimmern und auch Höflingen gerne nachsagt, scheint sie nicht zu schätzen.

Aber was soll sie auch viel reden? Die meisten Geschöpfe, die den Segen ihres Besuches erleben, wüssten gar nicht, was man mit einer Kaiserin reden soll.

In der Kleinkinder-Bewahranstalt präsentiert man ihr schon die Allerkleinsten. Manche der bedauernswerten Waisen berührt sie mit ihren Handschuhen, als würde sie sie segnen.

„Ausgesetzte Kinder von ledigen Müttern gibt es wenige im Heiligen Land Tirol", erklärt man ihr, woraufhin eine Andeutung von Zweifel über das Gesicht der hohen Frau huscht. Sie behält aber Contenance in der Rolle der gütigen Wohltäterin.

Dabei spüren selbst unverdorbene Kinderselen ihre Strahlkraft. Ein kleines Mädchen ruft: „Schaut nur, da kommt das Christkind", und klatscht in seine Patschhändchen.

„Nein, dann wär ja schon wieder Weihnachten. Doch denk nur, ich habe tatsächlich am Christabend Geburtstag. Und Geschenke bring ich auch", antwortet die Kaiserin lächelnd und berührt auch diesen Blondschopf zart am Scheitel.

Dann geht es ins Margarethinum. „Das ist eine Stiftung edler Frauen Innsbrucks zur Heranbildung armer Mädchen zu braven, christlichen Dienstboten und deren Unterhalt in Zeiten der Not", erklärt man den Besuchern. Die erste Gattin Erzherzog Karl Ludwigs, Margaretha, übernahm zu seinen Zeiten als Statthalter Innsbrucks das Protektorat über diese Anstalt. Nach ihrem frühen Tod ging es auf Karl Ludwig über.

Durch ihren Besuch will die Kaiserin wohl ihre Verbundenheit zu ihrem Lieblingsschwager ausdrücken, denkt sich Aloys, als die ganze Gesellschaft dem Margarethinum zustrebt.

Um dorthin zu gelangen, muss man nach Hötting hinauf. Hötting erstreckt sich vom jenseitigen Innufer bis auf das sogenannte Mittelgebirge unterhalb der Nordkette hinauf und ist der steilste Teil von Innsbruck. Und steil, das meint in Tirol halsbrecherisch! Das hat Aloys – als gebürtiger Wiener aus der Josefstadt – erst lernen müssen.

Und Sisi? „Ihre Majestät verließ beim Anfang des Höttinger Riedes den Wagen und legte den steilsten Weg zu Fuß zurück", wird später die Zeitung berichten.

Dabei sind die verschwiegenen Details umso erstaunlicher. Die spontane Spazierlust der Kaiserin versetzt ihre Entourage in Aufregung. Die Warnungen ihrer Hofdamen wedelt sie mit einer Hand weg, als vertreibe sie lästige Fliegen. Zu deren Unglück müssen diese ihr nun folgen, denn es gilt: Geht die Kaiserin zu Fuß, gehen sie auch zu Fuß!

Dabei gibt die Kaiserin ein enormes Tempo vor, als wäre die alpine Steigung ein Kinderspiel. Die Hofdamen kommen ihr kaum hinterher, sie tragen wohl das falsche Schuhwerk, manche sind auch nicht mehr jung oder einfach unerfahren im Berggehen.

Doch auch Bürgermeister Tschurtschenthaler und der k. k. Statthalter schnaufen wie Dampfrösser. Die federnden Schritte der Kaiserin vor ihrer Nase mögen für die Herren eine Kränkung ihrer Mannesehre sein.

Ja, sie hat für ein weibliches Wesen große Füße, wie Aloys jetzt aus der Nähe beobachtet. Zumindest lange, dabei jedoch zierliche Knöchel, denn sie schürzt ihr bodenlanges Kleid fast bis zu den Waden, um gut voranzukommen.

Ach, was für schöne Waden das sind, sagt Aloys im Stillen zu sich selbst und beißt sich vor Aufregung schmerzhaft auf die Zunge.

„Ihr müsst springen wie die Gämsen! So hat mein Vater mich und meine Geschwister in Kindertagen ermahnt!", ruft sie den Honoratioren nun zu und lacht. Lacht sie die Angesprochenen sogar aus? Diese lächeln süßsauer zurück und mit roten Köpfen. Tschurtschenthaler nimmt seinen Zylinder vom Kopf und fährt mit dem Jackenärmel über seine verschwitzte Stirn. Das ist wenig stilvoll, aber die vermeintliche Gämse bemerkt dies gar nicht.

Der bergstürmenden Kaiserin folgt ein Rattenschwanz an Hofdamen auf wackligen Füßen und sich an den Händen fassend. Die Hofdamen sind ihrerseits umgeben von laut keuchenden männlichen Begleitern. Das sieht urkomisch aus.

Der Kaiserin scheint es eine kindliche Freude zu bereiten, andere im körperlichen Wettbewerb zu übertrumpfen. Jetzt kommt es wieder hervor, das Zirkuskind von einst, das andere mit seiner Leistung begeistern möchte, aber auch deklassieren.

So eine bist du also, Sisi, denkt Aloys.

Er ist froh, Schritt halten zu können, wünscht aber erneut, er hätte in der letzten Nacht weniger getrunken. Aber an seinem Weinkonsum ist die vor ihm tänzelnde Dame ja nicht unschuldig.

Plötzlich dreht sie sich um und heftet ihre Katzenaugen auf ihn. „Aha, ein Mann der Berge", sagt sie mit von der Anstrengung rosigen Wangen und Lippen.

„Was? Ich muss Ihre Majestät entführen. Nein, ich bitte um Vergebung, ich meinte enttäuschen. Ich komme aus Wien. Äh, also früher", sprudelt aus ihm hervor.

Herrje, was verzapfst du da für einen Blödsinn? Stell dich vor und sag deinen Namen, lärmt es in Aloys. Doch man darf sich einer Kaiserin nicht einfach so aufdrängen, wenn sie einen nicht nach dem Namen fragt.

„Ha! Ein Bergwiener!", antwortet sie schmunzelnd mit dieser ihr eigenen Stimme. Dann schaut sie ihn eindringlich an. Für einen Moment hat er das Gefühl, sie könne in ihn hineinsehen.

Sein Herz beginnt zu rasen, und er spürt, wie das Blut in seinen Kopf steigt. Aloys, sie spricht dich an, die Kaiserin spricht dich persönlich an, und du antwortest wie ein Idiot und du siehst aus wie ein Idiot.

Bevor Aloys etwas erwidern kann, drängen sich zwei Höflinge neben ihn und raunzen ihm zu: „Mann, halten Sie Abstand. Sie bedrängen Ihre Majestät, und starren Sie sie nicht so an. Das gehört sich nicht." In diesem Moment wendet sich die Kaiserin ab. Während des weiteren Spaziergangs dreht sie sich nicht mehr nach Aloys um.

Als die Spaziergängerin das Margarethinum erreicht, reagieren die Menschen zunächst nicht. Seit wann kommt eine Kaiserin zu Fuß? Gerade in der himmelstürmenden Heimat?

Als sie dann begreifen, dass die hohe Frau leibhaftig vor ihnen steht, sind sie fassungslos.

Manchen klappt die Kinnlade herunter, andere kichern verlegen, einige brechen in Tränen aus, andere applaudieren. Ein alter Mann ohne Zähne im Mund, es scheint ein Knecht zu sein, macht plötzlich den Versuch, die Kaiserin zu küssen, bis ihre Begleiter ihn abdrängen.

„Ich konnt mir nicht helfen, so schöne Weibsbilder haben wir sonst nicht in Tirol", sagt er in der Überzeugung, ihr ein Kompliment zu machen. Sie sieht es ihm nach und signalisiert ihren Hofdamen, ihm Kaffee und Tabak zu überreichen. Einen Schnupftabak. Nun ist er so gerührt, dass er ihr Kusshände zuwirft und dabei schmatzende Geräusche macht.

Das Gesicht der Kaiserin erhellt ein breites Grinsen, und ein Glucksen dringt aus ihrer Brust. Blitzschnell hält sie einen kleinen Fächer vor ihr Gesicht, der zuvor an einem ihrer Handgelenke baumelte. Immer einsatzbereit.

Den Rest des Besuches erlebt Aloys wie in Trance: Die Kaiserin erkundigt sich nach dem Wohl der jungen Mädchen und ob sie fleißig lernen, damit sie ihre zukünftige Herrschaft nicht enttäuschen. Die Mädchen nicken meist wortlos und erhalten dann eine milde Gabe.

Einer vom Alter gezeichneten Dienstbotin, sie verbringt in der Einrichtung ihren Lebensabend und ist vor Rührung ganz zittrig und weinerlich, streicht die Kaiserin mit ihrem Handschuh zart über den Arm und schenkt ihr ein reich besticktes Taschentuch. Ihr persönliches Taschentuch!

Die Alte begreift die noble Geste nicht und hält das Geschenk – es brächte auf Auktionen sicher viel Geld ein – sogleich unter ihre tropfende Nase. Auch da kann die Kaiserin sich nicht beherrschen und hält kichernd den Fächer vor ihr Gesicht.

Dann wendet sie sich anderen Heimbewohnern zu, schenkt jedem ein Lächeln und überreicht viele Geschenke persönlich mit besten Wünschen für die Zukunft.

Ist das die Frau, die sich übermäßig vor Krankheiten fürchtet, wie man reden hört? Die ihren Hofstaat mit Extrawünschen und skurrilen Gewohnheiten beansprucht? Die sich gerne ihren Launen hingibt? All dies fragt Aloys sich.

Hier zeigt sich eine ganz andere Person als jene, die seine Arbeit mit dem Verschönerungsverein kaum würdigte, die kein Protokoll gelten und Menschen, die sie verehren, stundenlang im Regen stehen lässt.

Was Aloys jetzt sieht, verwirrt ihn kolossal. Gibt es drei Kaiserinnen? Eine, die dem Naturkind ähnelt, das er einst kannte. Spontan, aber liebenswert und herzerfrischend. Setzte sie sich damals nicht für den von

Odilo misshandelten Esel ein? Und war sie nicht neugierig auf das Schicksal armer Menschen, von dem er ihr im Revolutionssommer berichtete?

Dann gibt es eine Kaiserin, die ihre Strahlkraft genau abwägt und gezielt als Machtinstrument einsetzt, die es genießt, wenn Menschen, von ihrer Schönheit geblendet, erschauern und niederknien.

Und dann gibt es noch eine dritte Kaiserin. Diese ähnelt einem scheuen Reh, das der Welt der Menschen entflieht.

Enttäuschung gibt es an diesem Tag in der Tiroler Glasmalerei-Anstalt in Wilten, die es speziell auf dem Gebiet der Hinterglasmalerei zu Berühmtheit brachte, weit über Tirol hinaus. Eine Besichtigung lässt die Kaiserin aus dem Programm streichen, weil sie länger und anscheinend mit echter Freude bei den Bedürftigen verweilen möchte.

Wird sie auch die abendliche Kaisertafel in der Hofburg ausfallen lassen? Aloys und Bürgermeister Tschurtschenthaler schauen sich fragend an, sie haben ja schon einige kreative Eingebungen von Seiten der hohen Frau erlebt. Für Storch wäre dies eine Katastrophe – nach all den Enttäuschungen und dem Herumstehen in fragwürdiger Witterung – und schlimmstenfalls auch ein Hemmnis für seine weitere Karriere.

Ach, das ist der Komponist, dessen musikalische Lobpreisung die Kaiserin nie anhören wollte, hört Aloys in seinem Kopf und dazu zynisches Gelächter.

Morgen wird sie früh abreisen, somit wären auch andere Zuhörer an Storchs Werk dann nicht mehr interessiert. Was nützt eine Serenade zu Ehren einer Kaiserin, wenn einem diese abhandengekommen ist?

Aloys spürt ein Prickeln in seinen Adern. In das Wohlgefühl, die schönste Frau, die er sich vorstellen kann, dabei zu beobachten, wie sie atmet, lächelt, umhergeht und dabei noch gute Werke tut, mischt sich die Angst vor einer Vertreibung aus diesem Paradies.

„Ich freue mich auf die Hoftafel", sagt Aloys plötzlich recht laut. Tschurtschenthaler runzelt zunächst die Stirn, begreift aber sogleich, welches Ziel Aloys verfolgt.

„Auch meine Freude ist groß, und ich bin dankbar für diese große Ehre, das gilt auch für die Künstler", antwortet er.

„Ma chère, wir müssen uns sputen und diesen Berg wieder hinunter", hört Aloys die Kaiserin dann im lieblichsten Tonfall sagen. Dabei wendet sie sich einer jungen Frau zu, mit der sie immer wieder Blicke austauscht, wie er zuvor schon bemerkt hat.

„Ist dies eine Verwandte der Kaiserin, sie hat ja viele schöne Schwestern?", flüstert Aloys Bürgermeister Tschurtschenthaler zu, der neben ihm marschiert.

„Das ist keine Frau von Adel, das ist die Friseurin der Kaiserin, eine gewisse Fanny Angerer. Sie kommt aus einfachen Verhältnissen, aber die Kaiserin gesteht ihr den Rang einer Hofdame zu, denn nur sie beherrscht diese aufwendigen Frisuren. Und sie frisiert sie jeden Tag geschlagene zwei Stunden. Das gefällt nicht allen bei Hofe", flüstert der Bürgermeister zurück.

Jetzt ist es genau diese Person, die die andern Hofdamen zur Eile ermahnt.

Deren Bitte, doch jetzt in die bereitgestellten Kutschen einzusteigen, der Abstieg sei immer noch gefährlicher als der Aufstieg, missfällt der Kaiserin: „Seid ihr von Sinnen? Ich komme aus Bayern und habe die Berge im Blut. Und gesessen habe ich in der Eisenbahn schon genug, basta!“

Und schon stürmt sie voraus, die Friseurin an ihrer Seite. Ihre Schritte sind jetzt fast im Gleichklang, wobei die Kaiserin das Tempo bestimmt.

Aloys erblickt erneut entblößte Waden, wenn auch nur für einen Moment. Die Kaiserin muss eine gute Tänzerin sein, vermutet er. Dabei sind deutsche Prinzessinnen nicht gerade für ihr Können im Walzertanzen bekannt.

Er hat gerne und gut Walzer getanzt, als er noch in Wien lebte. Doch dann machte ihn die Ungerechtigkeit der Verhältnisse zum Revolutionär. Und seit er in Innsbruck lebt, ist es vorbei mit der Walzerseligkeit. Wobei die Tiroler sehr gerne tanzen und bei jeder Gelegenheit, aber dann häufig mit der Wildheit der Berge und nicht so formvollendet wie in Wien. Und heißt es nicht, das Bessere sei der Feind des Guten?

Am Abend in der Hofburg präsentiert sich die Kaiserin wieder ganz neu. Sie trägt ein Atlaskleid, weiß wie Tiroler Schnee, wie sie betont. Dieses Schneekleid ist auf Figur geschnitten und tief dekolletiert. Nackte Haut zeigt sie auch an ihren Armen. Ja, sie sieht so verführerisch aus, als hätte sie zu einer rauschenden Ballnacht eingeladen.

An ihrem Hals glitzert ein Kollier aus facettierten lila Steinen, ein schöner Kontrast zu ihrem hellen Alabasterteint.

„Amethyst aus den Tiroler Bergen“, lässt sie verlauten. Die schmale Taille der Kaiserin schmückt ein Gürtel aus auffallend großen Amethyst-Kristallen.

Die eigentliche Sensation dieses Abends ist jedoch ihre Frisur. Befreit vom Flechtwerk des Tages fließen ihre Haare lockig über ihren Körper hinab, die Haarspitzen berühren fast ihre Fersen. Den Kopf der Kaiserin ziert ein Diadem, auf dem ebenfalls Amethyst blitzt.

Ihr Anblick macht alle fassungslos, wenn auch nicht nur vor Begeisterung. Wo gibt es denn so etwas, fragt sich mancher gestandene Tiroler. Eine Frau ihres Ranges trägt bei einem offiziellen Empfang die Haare offen? Noch dazu in einem Kleid, das den Gedanken der Verführung in sich trägt, einer Ball- oder vielleicht sogar Schlafzimmerrobe?

Das ist des Guten zu viel, denkt auch Aloys. Die schmucklose Kaiserin von heute Mittag war ihm lieber. Jetzt spielt sie die Rolle der betörenden Gastgeberin. Einer, die die Herzen der Tiroler im Sturm erobern möchte.

Jedoch auch die heimlich Entrüsteten müssen sich eingestehen, dass sie sich nicht sattsehen können an dieser Frau. Dabei ist sie völlig ungeschminkt, es ist die Natur, die ihr die Schönheit schenkt.

Nein, sie ist keine der geschminkten und überpuderten Salonlöwinnen von Wien. Man denke an ihre Konkurrentin, die vorlaute Pauline von Metternich, die alles daransetzt, die Leitfigur der Wiener Mode zu sein. Die Kaiserin macht ihre eigene Mode. Abgesehen von diesem Abend kennzeichnet ihren Stil eher edle Zurückhaltung, Qualität und teures Material anstatt billigem Flitter. Natürlich in dem Wissen, dass ihr schlanker Körper, ihre klare Haut und ihre prächtigen Haare für sich selbst sprechen. Doch auch hier liebt sie das Natürliche und lehnt künstlichen Talmiglanz und aufdringlich duftende Pomaden ab. Sie erlaubt als Duft nur Rosenwasser oder eine Essenz aus Veilchen.

Aloys ist froh, die Gastgeberin schon als Kind mit diesen wilden Haaren erlebt zu haben, so ist er nicht gänzlich verwirrt und derartig unbeholfen wie am Nachmittag, als sie ihn angesprochen hat. Nun stellt der Obersthofmeister ihn offiziell vor.

„Herr Oberrauch vom Festkomitee? An Sie meinen Dank! Ich kannte schon einmal jemand mit diesem Namen“, haucht sie und wirkt plötzlich ganz entrückt. Sie blickt an ihrem Gegenüber vorbei in die fernsten Fernen, so scheint es.

Der Obersthofmeister schaut verwundert.

„Aber das muss in einer anderen Welt gewesen sein“, scherzt sie dann und wendet sich dem nächsten Gast zu.

Beim Diner sitzt die Kaiserin zwischen dem Herzog von Braganza und dem Fürsten Taxis. Aloys wird weit weg von ihr an einen Nebentisch platziert. Er wundert sich sowieso über die Ehre, eingeladen worden zu sein, denn es sitzen nur 27 Gäste an der Festtafel. Alle außer ihm und Bürgermeister Tschurtschenthaler entstammen dem Tiroler Adel. Möchte die Kaiserin an ihm etwas gutmachen? Wenn er seinen Hals verrenkt, sieht er zumindest ihre Haare und ein wenig Seitenprofil.

Auf allen Tischen stehen kleine Blumenvasen mit Veilchen. Den allerersten Veilchen.

Aloys fühlt sich wie im Rausch. Wenn etwas serviert wird, dann verspeist er es, wenn ein Sitznachbar eine Frage an ihn richtet, dann antwortet er formvollendet. Doch er weiß weder wirklich, was er isst, noch interessiert ihn die artige Konversation. Für ihn zählt nur sie.

Dabei ist die Speisenfolge durchaus erlesen – es gibt viele Arten von Fleisch und Fisch. Sie isst wenig, aber sie kostet manches, wie Aloys mit verstohlenen Blicken feststellt.

Dann wird Kaffee gereicht. Dazu gibt es trockenen Kuchen und ein Sorbet aus Veilchen, der Lieblingssüßigkeit Ihrer Majestät, wie er erfährt. Dazu kredenzt man Veilchenlikör in Kristallkaraffen.

Nach dem Aufheben der Tafel soll Storchs Serenade im Riesensaal, dem Festsaal der Hofburg, erklingen. Er trägt seinen Namen nach einem Deckenfresko, das die Tiroler Riesen Thyrsus und Haymon zeigte. Diese nur halb bekleideten und muskelbepackten Grobiane erschienen Maria Theresia, der Neugestalterin dieses Gebäudetrakts, jedoch als zu männlich-brachial. Sie wurden durch ein arkadisches Deckenfresko ersetzt. Zusätzlich ließ sie den Saal mit lebensgroßen Porträts ihrer sechzehn Kinder und einem Doppelporträt von sich und ihrem Gemahl, Franz Stephan von Lothringen, ausschmücken, um die Vereinigung der Dynastien Habsburg und Lothringen zu feiern. Geblieben sind dem Riesensaal aber sein Name und die höfische Pracht.

Und in diesem maria-theresianischen Interieur würde Storchs Musik nun die aktuelle Kaiserin lobpreisen!

„Das ist allemal besser, als an einem windigen Bahnhof oder unter einem gähnend leeren Balkon aufzuspielen. Zumindest, solange mir keiner dieser imposanten Kronleuchter auf den Kopf fällt“, scherzte Storch am Nachmittag.

„Und Maria Theresia und ihre Großfamilie müssen alles mit anhören, außer sie fallen sprichwörtlich aus dem Rahmen“, gab Aloys zurück.

Plötzlich tritt der Obersthofmeister an die Kaiserin heran und flüstert ihr etwas zu. Sie erstarrt und flüstert etwas zurück. Dann erhebt sie sich und schwebt aus dem Raum wie eine Erscheinung.

„Eben erhalten wir die telegrafische Nachricht, dass sich der Krankheitszustand der durchlauchtigsten Frau Erzherzogin Maria Annunziata, der Schwägerin Ihrer Majestät, erheblich verschlimmert hat. Deshalb haben der für später anberaumte Fackelzug und auch die Serenade zu unterbleiben. Majestät bittet die Gäste und Künstler, dies zu entschuldigen."

Als Storch diese Nachricht hört, bricht er in hysterisches Gelächter aus und eilt davon. Man hört ihn noch auf der Straße lachen.

Wenig später verabschiedet die Kaiserin ihre Gäste, sie tut dies durchaus freundlich, wobei ihr Lächeln nun einer Maske zu gehören scheint.

Aloys durchsucht die Gassen der Altstadt, er macht sich ernsthaft Sorgen. Wird Storch sich etwas antun? Er findet ihn jedoch weder in seiner Herberge noch in einem der Gasthäuser und Spelunken. Auch seine Musikanten scheinen wie vom Erdboden verschluckt.

Unfähig, zur Ruhe zu kommen, treibt es Aloys erneut zur Hofburg. Natürlich. Vielleicht kann er ja noch einen Blick auf die Kaiserin erhaschen? Doch das Fenster, wo er sie zuletzt beobachtete, bleibt verschlossen.

„Der Vogel ist ausgeflogen."

Die Stimme erschreckt ihn fast zu Tode. Hinter ihm steht Sepp, der Nachtwächter. Es ist Aloys ein Rätsel, wie dieser große Mann sich an ihn heranschleichen konnte.

„Wie hast du mich gefunden?“, kommt ihm zuerst über die Lippen.

„Ich kenne alle Verstecke“, sagt Sepp gelangweilt.

„Du hast mich ertappt, wie peinlich. Aber ich führe nichts Böses im Sinn. Das musst du mir glauben“, stammelt Aloys, immer noch erschrocken.

„Ich glaube nur, was ich sehe, und ich habe Sie hier schon einmal beobachtet, Herr Advokat!“

„Und wieso alarmierst du dann nicht die Wachen?“

„Weil es mir nichts nützt, wenn man Sie einsperrt. Sie sollen mir meinen Speckbacher zurückholen!“

„Deinen Hund, wie denn?“

„Na, als Advokat, vor Gericht. Sie können die Hundediebin aber auch gleich zur Rede stellen!“

„Mitten in der Nacht?“

„Das Vöglein ging noch nicht zu Bett, es flog zur Hofkirche.“

„Zur Hofkirche? Wieso?“

„Sie will für eine kranke Verwandte beten, habe ich gehört.“

„Aber ich störe doch keine trauernde Kaiserin im Gebet!“, empört sich Aloys.

„Entweder Sie tun es, oder ich rufe die Wachen. Dann sind Sie in dieser Stadt als Advokat erledigt!“

„Ist das eine Drohung?“

„Ich tue das für meinen Hund. Und Sie haben als Gaffer die Gaudi, Ihre Angebetete nochmals in so einem schamlosen Abendkleid zu sehen.“

Wenig später befindet sich Aloys in dem Kirchenschiff. Der Nachtwächter hat ihn durch die Seitentür geschoben. Erstaunlich, wie leise dieser grobe Kerl sein kann. Wie es sich für eine so berühmte Kirche gehört, fällt Mondlicht durch die großen Fensterscheiben.

Aloys verbirgt sich hinter einer mannshohen Bronzefigur – im Tageslicht wäre sie als Johanna die Wahnsinnige zu erkennen. Der metallene Reifrock dieser unglücklichen Königstochter aus Kastilien versteckt ihn so gut, als sympathisiere sie mit heimlichen Besuchern.

Auch ich bin wahnsinnig, tönt es in Aloys' Kopf, und doch nimmt er gleich Witterung auf. Die kalte Luft riecht nach Kerzen, nach Weihrauch und nach einem zarten Hauch von Veilchen.

Die Kaiserin kniet vor dem Altar. Aloys erkennt sie sofort, denn das Ewige Licht aus dem Altarraum schimmert rötlich auf ihrem weißen Atlaskleid. Sie hat den üppigen Schmuck und das Diadem abgelegt und trägt die Haare jetzt völlig ungebändigt. Um ihre nackten Schultern und das Dekolletee liegt ein heller Schal. Die strahlende Gastgeberin von vorhin sieht jetzt wie eine Büßerin aus. Und ein bisschen wie ein Gespenst.

Das Gespenst ist nicht allein, drei Frauengestalten halten sich im Hintergrund. Aloys erkennt die Friseurin, dann eine Ältere, auch elegant gekleidet, und eine junge Dienstmagd, die eine Laterne hochhält. Alle murmeln sie Gebete.

Die Kaiserin beendet ihre Andacht und gesellt sich zu den Frauen.

„Nachdem wir etwas für die Seele der armen, todkranken Annunziata getan haben, sind wir frei. Auch vom lästigen Geschirr der Repräsentation", sagt sie, als habe sie eine große Last abgelegt. „Pauline, du bist doch aus Tirol? Komm und zeig mir deinen Hofer."

„Gerne, Majestät, aber mein Hofer ist das nicht. Aber ich kenne einen Hiesigen, der verehrt ihn so sehr, dass der Hofer einmal zu ihm gesprochen hat, und zwar aus dem Grab heraus. Aber da war der Kerl wohl betrunken."

„Nun, mir ist Heine erschienen. Und nicht nur in seinen Büchern", lacht die Kaiserin.

„Theres, du leuchtest uns, heb die Laterne höher", sagt Pauline.

„Aber das ist gruselig", jammert das Mädchen.

„Dummes Ding", schimpft Pauline, und die Junge tut, wie geheißen.

„Die Geschichte vom Hofer kenn ich wohl, erstaunlich nur, dass ein einfacher Schankwirt so berühmt geworden ist. Und dies in einem Krieg gegen mein Bayern, wo er nicht einmal persönlich auf dem Schlachtfeld stand. Nun, vielleicht beflügelt es ja die Berühmtheit, sich später im Ausland ermorden zu lassen?"

„Aber für die Menschen hier ist er ein Held!", sagt Pauline in einem Tonfall, der verrät, dass die Worte der Kaiserin ihr nicht gefallen.

„Wie er so dasteht und die Tiroler Fahne hochhält ... Herzig sind auch seine Lederhosen aus Marmor mit dem breiten Spruchgurt über dem wohlgenährten Bauch."

„Gastwirte trinken und essen halt gut", erklärt Pauline.

„Aber diese abgefressenen, zerzausten Haare. Haben all eure Helden so fürchterliche Frisuren?", mischt sich die Friseurin ein.

„Zugegeben, es war keine Friseurin bei seiner Erschießung in Mantua zugegen. Leider!", schnaubt Pauline voller Ungemach.

„Majestät, Pauline wird degoutant", nörgelt die Friseurin.

„Liebe Fanny, sei nicht so empfindlich. Unsere werten Habsburger haben früher auch anders ausgesehen“, sagt die hohe Frau.

„Ja, wenn ich mir den Kerl da oben anschaue. Entsetzlich“, stöhnt die Friseurin und deutet auf das Grabmal, das inmitten des Kirchenschiffes wie ein kleines Haus aufragt.

„Der Kerl da oben ist Kaiser Maximilian. Und der Kenotaph, auf dem er kniet, gehört zu den großen Kunstschätzen Österreichs. Schau nur, diese kostbaren Reliefs aus weißem Marmor, das goldene Gitter aus Prag ...“

„Ach, Pauline, du langweilst mich. Ich rede nicht von diesem ... diesem Grabding, aber schau, das schulterlange Haar mit dieser Innenwelle – wie bei einem Mädchen.“

„Einem Mädchen? Maximilian war ein großer Kriegsherr, der letzte Ritter!“

„Und dennoch möchte ich Kamm und Schere hervorholen.“

„Aha, Madame Angerer möchte eine Bronzefigur frisieren? Interessant. Dann sollte sie doch gleich alle achtundzwanzig Schwarzmander, die Kaiser Maximilian huldigen, mit Kamm und Bürste bearbeiten. Die hält sie sicher auch für demi-monde“, sagt Pauline spöttisch.

Die Kaiserin klatscht in die Hände. „Jetzt ist aber Schluss mit eurem Gegifte, meine Damen. Wir hören gleich jemanden, der sein Gift viel gekonnter versprüht als ihr. Ich habe den Meister mitgebracht!“ Während sie diese Worte spricht, zieht sie ein kleines Büchlein aus ihrem Dekolletee.

„Den Heine?“, fragt Pauline.

„Ja, heute Abend trug ich ihn unterm Herzen. Er sollte mir Kraft geben unter all diesen fremden Leuten. Und er hat Köstliches über Innsbruck geschrieben."

„Über Innsbruck? Ich dachte, der schreibt nur Gedichte. Und Ihre Majestät dichtet ja auch voller Poesie."

„Danke, Pauline, aber Heine hat sogar über die Hofkirche und die Schwarzmander geschrieben. Ja, der Meister war hier! Vor vierzig Jahren sah er, was wir jetzt sehen, verströmte hier seinen Atem, seinen Witz, sein Genie. Ach!"

Die Kaiserin dreht sich um die eigene Achse, als würde sie Walzer tanzen. Ihre Begleiterinnen schauen verwundert. Ihre weiße Ballrobe, der wehende Schal und ihre züngelnden Haare wirbeln durch das mondsilberne Kirchenschiff an den Schwarzmandern vorbei, als wolle sie diese Männer und Frauen aus geschwärzter Bronze von ihren Sockeln locken, auf denen die Bedauernswerten schon seit drei Jahrhunderten festgeschmiedet verharren – ohne eine Einladung zum Ball. Die Szene hat etwas Unwirkliches.

Theres stellt die Laterne ab und hält sich mit beiden Händen die Augen zu.

„Dumme Gans, was tust du?", zischt Pauline.

Die Kaiserin hält inne, denn sie bemerkt das Flackern des Lichtes. „Kind, was ist dir?", fragt sie atemlos.

„Ihre Majestät muss mich vielmals entschuldigen. Aber in einer Kirche tanzen ... ist das nicht Sünde? Und die Schwarzmander-Kirche, wie wir sie nennen, ist die heiligste in ganz Tirol." Das Mädchen bekreuzigt sich.

Pauline stößt Theres einen Ellbogen in die Rippen. „Abergläubisches Ding!", zischt sie. Theres beginnt zu schluchzen.

„Pauline, lass sie. Das Kind ist unverdorben." Die Kaiserin richtet ihre Worte nun direkt an Theres. „Hör, Kind, der Herrgott liebt auch den Frohsinn. So hat ja auch Maria Magdalena in einer Kirche getanzt. Und Meister Heine hat sich in genau diesem Gotteshaus prächtig amüsiert. Ja, himmlisch, sozusagen. Vorhin, nach dieser qualvollen Hoftafel, las ich die Passage, deshalb ist mir nun wieder so wohl. Und ihr wisst, wie mich dieses Repräsentieren immer anstrengt."

„Würden Majestät uns vielleicht eine Kostprobe geben?", fragt Pauline zuckersüß – allein schon, um bei der Kaiserin wieder Boden gutzumachen.

„Bitte, er war ja so ein schöner Mann", mischt sich die Friseurin ein.

„Und sicher gut frisiert", zischt Pauline ihrer Konkurrentin zu.

Die Kaiserin kichert wie ein Mädchen und wedelt mit dem Heinebändchen herum. „Na, dann möchte ich die Damen nicht enttäuschen. Theres, leuchte mir! An manchen Passagen kürze ich ein wenig."

In der Hofkirche stehen die oft besprochenen Standbilder der Fürsten und Fürstinnen aus dem Hause Österreich und ihrer Ahnen, worunter mancher gerechnet worden, der gewiss bis auf den heutigen Tag nicht begreift, wie er zu dieser Ehre gekommen. Sie stehen in gewaltiger Lebensgröße, aus Eisen gegossen, um das Grabmal des Maximilian.

Der in der Dunkelheit versteckte Aloys erlebt eine magische Verwandlung. Die Frau, die sonst mit leiser Stimme spricht und vorsichtig formuliert, als sei jedes Wort eine Anstrengung, spricht nun, als stehe sie auf einer Theaterbühne. Sie streicht sich eine lange Haarsträhne aus dem Gesicht und fährt fort.

Als ich jene Statuen betrachtete, traten Engländer in die Kirche; ein hagerer Mann und im Maul einen ledernen Guide des voyageurs; hinter ihm seine Lebensgefährtin, eine nicht mehr ganz junge, schon etwas abgeliebte, aber noch immer hinlänglich schöne Dame; hinter dieser ein rotes Portergesicht mit puderweißen Aufschlägen, steif einhertretend in einem dito Rock, und die hölzernen Hände vollauf befrachtet mit Myladys Handschuhen, Alpenblumen und Mops ...

„Köstlich!", entfährt es der Friseurin.

„Vorsicht, vielleicht war der Hund nicht gut frisiert", flüstert Pauline ihr zu.

„Hättet ihr die Höflichkeit, den Meister nicht zu unterbrechen", schimpft die Kaiserin, das Getuschel bemerkend.

„Wir bitten um Vergebung", pressen beide zeitgleich hervor und verneigen sich tief.

Die Kaiserin hüstelt und fährt fort:

Das Kleeblatt stieg schnurgerade nach dem obern Ende der Kirche, wo der Sohn Albions seiner Gemahlin die Statuen erklärte, und zwar nach seinem Guide de voyageurs, in welchem ausführlich zu lesen war: Die erste Statue ist der König Chlodewig von Frankreich, die andere ist der König Arthur von England, die dritte ist Rudolf von Habsburg usw. Da aber der arme Engländer die Reihe von oben anfing, statt von unten, wie es der Guide des voyageurs voraussetzte, so geriet er in die ergötzlichsten Verwechselungen, die noch komischer wurden, wenn er an eine Frauenstatue kam, die er für einen Mann hielt, und umgekehrt, so dass er nicht begriff, warum man Rudolf von Habsburg in Weibskleidern dargestellt, dagegen die Königin Maria mit eisernen Hosen und einem allzu langen Barte.

Nun umrunden die Kaiserin und ihre Begleiterinnen die von Heine beschriebenen Figuren. Aloys hat alle Mühe, sich weiter zu verbergen, und flieht auf Zehenspitzen und in Strümpfen vor dem Lichtkegel der Laterne. Seine Schuhe hat er zuvor schon abgestreift.

Jetzt hält die Kaiserin das Büchlein wieder vor ihr Gesicht, und Theres spielt das Glühwürmchen.

Ich, der ich gerne mit meinem Wissen nachhelfe, bemerkte beiläufig: dergleichen habe wahrscheinlich das damalige Kostüm erfordert, auch könne es besonderer Wille der hohen Personen gewesen sein, so, und beileibe nicht anders, gegossen zu werden. So könne es ja dem jetzigen Kaiser einfallen, sich in einem Reifrock oder gar in Windeln gießen zu lassen; – wer würde was dagegen einwenden?
Der Mops bellte kritisch, der Lakai glotzte, sein Herr putzte sich die Nase, und Mylady sagte: A fine exhibition, very fine indeed!

Die Kaiserin klappt das Büchlein zu, küsst es und deutet eine Verneigung an. Ihre Zuhörerinnen lachen und applaudieren, bis auf Theres, die die Laterne hält. Das Mädchen wirkt überhaupt sehr traurig und hält den Kopf gesenkt.

„Kind, hat es dir nicht gefallen?“, wundert sich die Vorleserin.

„Mit Verlaub, Majestät, da steht doch geschrieben, der jetzige Kaiser solle sich einen Rock oder gar Windeln anziehen und sich dann in glühend heißes Metall eingießen lassen. Und das meint doch Ihren Ehegemahl, unseren gütigen Kaiser Franz Joseph?“

„Dumme Gans, das hat der Heine doch als Spaß geschrieben, und auch nicht eben so“, mischt sich Pauline ein.

„Nun, wenn man meinen Gemahl so gut kennt wie ich und das Verhältnis zu seiner Mutter, wären Windeln mitunter sogar angemessen“, sagt die Kaiserin kichernd.

Ihre Begleiterinnen wissen nicht so recht, ob sie über diesen Witz lachen dürfen oder etwa sogar sollten? Ein zweideutiger Scherz über den Kaiser, den ersten Mann im Staat? So kommt es zu einem Moment verhaltenen Schweigens in der Kirche.

In diese Stille bricht die Stimme eines Mannes ein. „Majestät, ich will Sie nicht erschrecken, aber wir müssen reden. Majestät, bitte – auf ein Wort!“

Was von Aloys gut gemeint war, erzeugt Hysterie.

„Herrje, das ist der Geist vom Hofer!“, schreit Pauline.

„Nein, das ist der Geist vom Meister Heine!“, übertönt sie die Kaiserin.

Die Friseurin und Theres kreischen einfach so. Es geht die Laterne zu Bruch, das Büchlein von Heine fällt zu Boden, und die Damen rennen und stolpern aus der Kirchentüre hinaus und fliehen in die Nacht.

Sepp zieht Aloys am Revers seines Anzugs aus der Seitentüre, durch die er ihn zuvor hineingeschoben hat. Das ist sein Glück, denn vom wilden Geschrei der Damen alarmiert, stürmen Wachen in die Kirche und durchsuchen sie.

„Sorgen Sie vor Gericht immer für so viel Wirbel, Herr Advokat?“, will Sepp später wissen.

„Nur wenn man mich zwingt, Frauen in der Dunkelheit zu belästigen. Und lass deine dreckigen Hände von mir“, schimpft Aloys.

„Zumindest hat der Herr Advokat jetzt noch ein Souvenir“, sagt der Nachtwächter freundlich und deutet auf das Büchlein in Aloys' Hand.

„Dafür sind meine Schuhe in der Kirche zurückgeblieben, mein bestes Paar. Und wenn man mich auf Strümpfen nach Hause schleichen sieht, kommt sicher heraus, dass ich der Unhold und Wüstling in der Kirche war. Denn als solchen werden die erschreckten Damen mich wohl schildern.“

So kommt es, dass Aloys sich in Sepps zugigem Nachtwächterhäuschen verbirgt, während dieser seine Runden dreht. An den Füßen trägt er dessen alte und hinreichend verdreckte Ersatzstiefel. Er musste sich dafür sogar noch bedanken, da Sepp sie ihm ausleiht.

Zumindest muss Aloys sich nicht weiter schlecht unterhalten. Als Sepp verschwindet, liest er im Schein eines billigen, rußenden Öllämpchens in Heinrich Heines *Reisebildern*, dort findet er auch die Beschreibung von Innsbruck. Die Kaiserin hat sie mit roter Tinte markiert. Steht die Farbe für ihr Herzblut?

Heine schrieb auch: „Innsbruck ist eine blöde Stadt.“

Da stimmt Aloys diesem genialen Lästermaul nicht zu. Zudem hat Heine sich bei schlechtem Wetter ohne Bergsicht in der Stadt aufgehalten. So entging ihm diese grandiose Natur. Und was versteht ein gebürtiger Düsseldorfer und Exil-Pariser schon von den Alpen und dem Menschenschlag, der zwischen dieser Naturgewalt und deren Allmacht über das Leben heranwächst?

Innsbruck ist eine blöde Stadt, seit du darin wohnst, Aloys! So verunglimpft er sich später selbst, denn ungeachtet der erhöhten Gefahr treibt es ihn erneut vor das Fenster seiner Sehnsucht. Ach, er kann nicht anders! Gespalten zwischen Ekel vor sich selbst und Hoffnung positioniert er sich in seinem altbekannten Versteck.

Zu seiner Entschuldigung sei gesagt, dass sein Heimweg an der Hofburg vorbeiführt. Zumindest war Aloys schlau genug, das Heine-Büchlein der Kaiserin weit entfernt zu verstecken, für den Fall, dass er aufgegriffen wird.

Er trägt Heine sowieso in seinem Kopf, das war als Student in Wien schon so. Und am Herzen trug er ihn, da hat er mit der Kaiserin etwas gemeinsam, nur dass er ihn unter dem blutroten Hemd der Revolution verbarg und sie im Dekolletee eines höfischen Ballkleides. Ein verrückter Zufall. Als er dereinst die geistige Fackel eines modernen Europas der jungen Sisi sprichwörtlich ans Herz gelegt hat, hätte er nie gedacht, dass seine Saat aufgeht. Und dann auch noch so reich aufgeht.

Jetzt verbinden ihn unsichtbare Fäden geistigen Wachstums mit der Heine-Enthusiastin. Auch wenn sie in ihrem Elfenbeinturm sitzt.

Nun, dieser Elfenbeinturm ist zugleich ein goldener Käfig, und ist dieser Heine-Freundin überhaupt zu trauen? Selbst wenn sie ihren Ausbruch daraus inszeniert, bleibt sie ein Luxusgeschöpf!

Aloys hat jüngst von einem befreundeten Advokat aus Meran, der am Gericht in Innsbruck zu tun hatte, gehört, dass die Kosten für den Umbau von Schloss Trauttmansdorff nach den Wünschen der Kaiserin auf gut 25.000 Gulden geschätzt werden. Und da ist noch nicht eingerechnet, dass sie halb Meran auf den Kopf stellen lassen hat – nach ihrem Gusto.

„Kürzlich bin ich mit meiner Frau herrschaftlich auf dem Kaiserin-Elisabeth-Weg spaziert. Den hat auch die Kaiserin anlegen lassen – von Trauttmansdorff in die Altstadt von Meran“, hat der Kollege gelacht.

Hätte Heinrich Heine die Kaiserin geschätzt?, fragt sich Aloys nun. Ein kleines Gedankenspiel. Es gibt ja sonst nichts zu tun in seinem Versteck, dabei bewähren sich Sepps Nachtwächterstiefel gegen die Bodenkälte.

Sisis Schönheit hätte Heine ganz sicher beeindruckt! Ihr sonderbarer Humor? Ihre Bildung? Sie spricht ja neuerdings nicht nur Ungarisch, sondern auch Neu- und sogar Altgriechisch, wie man hört. Nun, darüber hätte ihr selbsterklärter Meister eher gelacht, und zwar voller bissiger Ironie.

Heine pflegte nämlich wenig Umgang mit geistreichen Frauen, umso mehr favorisierte er leichte Mädchen. So war seine Frau Mathilde eine vormalige Kokotte, die es immerhin bis zur Schuhverkäuferin gebracht hatte.

Aber Mathilde war Analphabetin, was Heine gefiel, denn so ersparte er sich lästige Diskussionen mit einer gebildeten Frau. Auch war es ihm sehr recht, dass sie seine Traktate nicht las. Das schrieb er sogar nieder: „Das schöne Kind kann kein Wort lesen, hat aber dafür einen herrlich dicken Hintern!“

In Heines Schriften findet sich auch dies: „Ich bin freilich nicht einverstanden mit dem Weiber-Emanzipations-Enthusiasmus. Und das Denken ist nicht der Frauen Sache.“ Das steht zwar nicht in diesem Büchlein, aber Aloys erinnert sich genau an eine derartige Passage.

Weiß die Kaiserin dies? Will sie es überhaupt wissen, da sie sonst vielleicht ihren Meister entzaubern müsste, für den sie tiefe Gefühle hegt? Hat sie nicht erwähnt, er würde ihr sogar erscheinen?

Aloys sieht sie noch vor sich durch die Hofkirche tanzen, wo der Meister Heine einmal war! Dann hat sie das Heine-Büchlein leidenschaftlich geküsst, das noch warm von ihrem Busen war.

„Es ist ein Kreuz mit der Liebe!“, stöhnt Aloys. Heine nannte die Liebe: „Pocken für das Herz“, als sei sie eine tödliche Krankheit. Und für den Adel empfand er alles andere als Sympathie, genau wie für dichtende Frauen.

Ja, weiß die Kaiserin all dies?, fragt sich Aloys erneut.

Es graut schon der Morgen, als ein Fenster der Hoffnung knarzend geöffnet wird und er die Silhouette einer Frau erblickt.

Tatsächlich, sie ist es!

Ihre offenen Haare sind vom Schlaf zerwühlt, und sie hat eine Decke um ihren Köper geschlungen. Sie erinnert Aloys an ein Kind, das mitten in der Nacht erwacht und mit zerzausten Haaren bei den Eltern oder einem Kindermädchen vor dem Bett erscheint, barfuß und in seine schützende Schlafdecke gehüllt.

Wenig kindlich ist jedoch, dass eine Zigarette in ihrem Mundwinkel steckt.

In Aloys' Begeisterung mischt sich Erstaunen: Diese Frau scheint nur wenig zu schlafen, und wirklich gesund lebt sie auch nicht, denn sie hat seltsame Essgewohnheiten, sie raucht und sie hat ein fliehendes Herz.

Und wohin trägt sie dieses? Nach Wolkenkuckucksheim! Und als männlichen Begleiter duldet sie lediglich einen verstorbenen Dichter. Nicht etwa ihren Mann und oft auch keines ihrer Kinder.

Dabei sieht man dieser Frau ihre Sünden nicht an. Vielleicht ist sie einfach robuster, als alle glauben, oder die Götter lieben sie wie kaum eine andere Frau auf diesem Planeten!

Doch für Aloys ist sie einfach nur ein Wunder, wie sie so dasteht, ihren Kopf an den Fensterrahmen lehnt und Rauchwölkchen in den neuen Tag bläst, der sich langsam mit Farben füllt. Die Spitzen der Nordkette schimmern rosa, dieser zarte Farbton gibt dem groben Gestein eine Leichtigkeit, als sei es aus Brüsseler Spitze.

Sisis Blick streift über die Berge, dann schaut sie einer einzelnen Wolke hinterher. Sie lächelt.

„Die Sanftmut der frühen Morgenstunden ist bezaubernd", sagt sie dann. Nun, es ist eher ein Seufzen in den neuen Tag hinein. Spricht sie zu sich selbst, oder gilt dies einer Person, die womöglich hinter dem Fenster im Raum steht? Oder ahnt die Frau am Fenster, dass sie beobachtet wird? Dazu noch von ihm?

„Nur in der Nacht und am jungen Tag gehöre ich mir selbst. Danach gehöre ich der Falschheit", sagt sie noch.

Wieder fühlt Aloys diesen Taumel in sich, er möchte niederknien vor dem, was er sieht und hört. Niederknien in den Schmutz.

Doch heißt es nicht: „Nur was Güte hat, ist wirklich schön. Und nur was ohne Falschheit ist, verdient Bewunderung"?

Diese Erkenntnis stammt nicht von Heine, Aloys' Mutter hat sie ihrem Sohn beigebracht. Sie würde auch sagen: „Es ist nicht richtig, dass eine Frau, die alles im Überfluss besitzt, ihr Leben beklagt. Und zudem noch einem einsamen Nachtwächter seinen Hund wegnimmt."

Es ist auch nicht richtig, dass eine Kaiserin, wenn auch nur im Kreis ihrer Hofdamen, sich über ihren Ehemann lustig macht. Gut, vielleicht hat sie am Festbankett zu viel am Wein genippt? Aber ihr Mann scheint ihre Extravaganzen zu ertragen, und er finanziert ihre Reiselust, denkt Aloys nun.

Doch vielleicht möchte die Frau am Fenster ja gar keine Kaiserin sein, sondern nur eine Frau, die man um ihrer selbst willen liebt, mit all ihren Schwächen und Sünden? Das kann echte Liebe!

Sisi begrüßt mit ihrem Rauchopfer den neuen Tag ausgiebig. Nach der ersten Zigarette entzündet sie eine zweite. Dabei spazieren ihre Augen entlang der Berge, die Nordkette verfärbt sich rötlich, kreischende Bergdohlen zeigen ihre Flugkünste. Doch selbst das berühmte Alpenglühen entlockt der Betrachterin keinen Ton mehr. Sie wirkt zunehmend beklommen.

Dies wird auch ein trauriger Tag für mich, denkt Aloys, als sich der erste Bann gelöst hat. Dieser 26. März 1871 führt Sisi fort von mir!

Dabei geht sie ohne Not: Sie verfügt hier in Innsbruck über ein Schloss, extra für sie umgestaltet, hat ihr Personal bei sich, sie führt sogar wieder ihre Kühe mit sich in ihrem Sonderzug, lang wie ein Lindwurm.

Zerwühlte Haare und Rauchwölkchen im Morgenrot sind das Letzte, was Aloys von der Kaiserin sieht.

Er mag später nicht am Bahnhof stehen und eine verschleierte Frau hastig aus einer Kutsche in die Brenner-Bahn umsteigen sehen. Und wenn sie winkt, dann nur, weil sie muss.

Aloys meidet also den Bahnhof, meidet Gesellschaft überhaupt, bleibt auch seiner Kanzlei fern und lässt seine Frau Rosenkranz Hühnersuppe kochen. Die hilft bekanntlich bei Erkältungen – er war ohne Schuhe in der kalten Hofkirche und zu lange in seinem Versteck – und wohl auch bei Liebeskummer.

So entgeht Aloys auch, wie Anton Michael Storch den Bahnhof betritt.

Storch kommt nicht etwa, um der scheidenden Kaiserin zu huldigen, wie viele Innsbrucker, deren Kondition und kindliche Anhänglichkeit zu bewundern sind.

Nein, der Herr Orchesterdirektor, Komponist und Chorleiter steigt selbst in einen Zug und nimmt die West-Bahn nach Wien. Sie wird ja auch Kaiserin-Elisabeth-Bahn genannt. Storch missfällt dieser Name nun und er schwört sich, Innsbruck nie mehr zu betreten.

Aloys wird in seiner Funktion als Advokat später doch nach Wien schreiben und um „die Rückgabe des unrechtsmäßig entwendeten Hundes namens Speckbacher, der dem Nachtwächter der Stadt Innsbruck, Sepp Haslwandtner, gehört und den der Herr Haslwandtner für seinen Dienst benötigt", bitten.

Eine Antwort aus der Hofburg bekommt er nie. Er stellt an seinen Mandanten auch keine Rechnung.

Sepp hängt sich eine Abschrift des Briefes in seine zugige Wohnung. In einem Bildrahmen, den er selbst schnitzt und zusammenzimmert.

„So hängt das Unrecht zumindest an der Wand, wenn mein Speckbacher schon nicht mehr zu meinen Füßen liegt."

IV.

„In Paris hat ein Mann überall angekündigt, dass er den Eiffelturm umrundet."

„Na, wen interessiert das denn?"

„Er sagt, er kann das in der Luft!"

„So ein Idiot! Der Himmel gehört den Vögeln und den Engeln."

„Mädchen, hör zu: Für seine Spazierfahrt in der Luft nutzt er ein Luftschiff, wie er das nennt, mit einem Motor-Antrieb."

„Ein Luftschiff? Ja, glaubt der denn, in der Luft gäbe es einen Fluss?"

„In Deutschland gibt es auch so einen Todesmutigen, der behauptet, er fliegt bald. Ein gewisser Graf Ferdinand von Zeppelin. Der hat ein Patent für einen lenkbaren Luftzug!"

„Ein fliegender Graf? Na, der Adel ist auch nicht mehr das, was er einmal war. Überhaupt ist die Welt verrückt, der eine will mit einem Schiff fliegen, der andere mit einer ganzen Eisenbahn."

Wenn Aloys die neuesten Nachrichten nach Hause mitbringt, reizt dies Maria immer zu Widerworten. Dabei ist das Mädchen noch recht jung, hat aber eine feste Überzeugung, wie die Welt zu sein hat. Und dass Menschen fliegen, gehört bestimmt nicht dazu.

Aloys ist froh, dass er nach dem Dahinscheiden seiner Frau Rosenkranz so schnell Ersatz gefunden hat. Und dann noch so ein frisches Ding mit lustigen rotblonden Zöpfen – zweimal um den Kopf geschlungen und mit einer langen Nadel festgesteckt, so ist es im Wipptal Brauch.

Gott sei Dank konnte er ihr die dicken weißen Trachtenstümpfe ausreden, die man auch noch in Falten gelegt trägt, was die Beine einer Frau in unförmige Krautstampfer verwandelt. Das ist ihm als Mann mit Wiener Blut und als Freund der Ästhetik unerträglich – nicht umsonst hat er einen Verschönerungsverein gegründet.

Doch Maria sieht alles außerhalb ihrer Bergheimat mit scheelen Augen an.

Da unterscheidet sich das junge Hascherl wenig von seiner Frau Rosenkranz, die hielt Tirol für „das schönste Platzl auf der Welt“, auch wenn sie ihr Schmuckkästchen nie verließ. Gut, sie war am Ende hochbetagt gewesen, wobei sie immer noch besser kochte als die Junge. Ihre Kaspressknödel waren außen knusprig und innen saftig und ihr Innsbrucker Kuchen so reich gefüllt mit Zitronat, Aranzini, Korinthen und vor allem Rum, dass er den Alkohol in den Beinen spürte, wenn er nach dem Dessert in seine Kanzlei ging. Die hübsche Maria kommt jedoch kaum zum Backen. Dabei hat das Mädchen doch gar nicht so viel zu tun.

Mit seinen 68 Jahren ist Aloys noch leidlich gesund und hat Zähne im Mund, mit denen er noch beherzt zubeißen kann, könnte das Mädchen besser kochen. Haare hat er auch noch auf dem Kopf, und er verbringt viel Zeit außer Haus.

Advokat Oberrauch betreut immer noch Klienten, wenn auch längst nicht mehr so viele, wie er vorgibt. Gerne trifft er diese im Café Central, außer es gibt Strafsachen oder pikant Privates zu besprechen.

Seit seiner Eröffnung vor wenigen Jahren versöhnt das Central Aloys noch mehr mit seiner Wahlheimat Tirol.

Es besitzt den Flair eines original Wiener Kaffeehauses – bis hin zum Sortiment nationaler und sogar internationaler Zeitungen. *Le Moniteur* aus Paris hat Aloys' besonderes Augenmerk. So frischt er sein Französisch auf. Sein Herz, das Herz eines einstigen Befürworters der Revolution, schlägt halt doch ein wenig für Paris.

Aloys ist jetzt in einem Alter, wo er auch Muße hat, zu genießen: guten Kaffee – serviert unter Kronleuchtern von einem nur dürftig freundlichen Herrn Ober, das gehört sich so in einem echten Kaffeehaus – und das Blättern in Gazetten, die zu mehr taugen, als um alten Fisch darin einzuwickeln.

Ganz nebenbei ist es hilfreich, wenn ein Advokat am Puls der Zeit ist. Manche Erregungen und Errungenschaften erreichen nämlich doch das Heilige Land Tirol. Wo heutzutage doch immer mehr Fremde die Schönheit der Alpen entdecken: Landschaftsmaler aus den großen Städten, aber auch Bergtouristen, darunter viele Engländer und Deutsche sowieso. Sie kraxeln sogar auf Gipfel hinauf, botanisieren alle möglichen Käfer oder Alpenblumen und rutschen neuerdings mit Brettern an den Füßen sogar im Schnee herum.

Auch darüber bekundet Maria ihr Missfallen: „Die Berge gehören den Gämsen, Steinböcken, Ziegen und Kühen. Und nicht Hornochsen aus der Stadt."

Eine weitere Pressenotiz aus Paris machte sie regelrecht zornig. Eine Marie Curie und ihr Mann Pierre hatten das Polonium entdeckt, dies waren unsichtbare Teilchen, deren Aktivität hundertmal stärker war als die des Urans. Sie erfanden dafür den Namen: „radioaktiv". Marie und Pierre hatten sich beim Physikstudium an der berühmten Sorbonne kennengelernt, und beide nannten sie sich Wissenschaftler.

„Wenn Frauen studieren, ist das nicht recht. Aber wenn eine, die meinen Namen trägt – und damit den Namen der Heiligen Jungfrau Maria –, auch noch in der Wissenschaft herumrührt wie in einem Kochtopf, dann ist das eine Sauerei."

Mitunter sinniert Aloys darüber, was es mit Marias Jungfräulichkeit auf sich hat, also seiner Maria, ein elektrisierender Gedanke, der ihn aber auch beunruhigt. Weiß er doch, dass, nach den Gesetzen der Elektrizität, neue Lampen selten auf alte Sockel passen. Und soll er seinen Lebensabend samt seiner Mußestunden von einer rechthaberischen Ehefrau und von Kindergeschrei entweihen lassen?

So berichtete er Maria kürzlich von der drahtlosen Telegrafie: „Damit ist es möglich, die menschliche Stimme und sogar Musik über große Distanzen zu übertragen. Also ohne Kabel und schwerelos!"

Und was sagte Maria dazu? „Dann fliegen also auch noch Musiknoten durch die Luft, zusammen mit diesen bedrohlichen Luftschiffen? Da muss ich Deckung suchen! Herr Advokat, dann erledigen Sie den lästigen Einkauf, und ich bleibe daheim."

Der Logik einer Maria war kaum zu widersprechen. So kam es auch, dass sie einer zugelaufenen Katze einen Namen gab, der ihm – nach all den Jahren immer noch – heilig war: Sisi.

„Das ist so ein mageres Ding, ängstlich bei Männern und scheu gegenüber allem. Dazu ruhelos, dass es einen erbarmt. Dabei müsste sie jetzt nicht mehr so viel mausen, seit ich sie fütter. Da passt doch ‚Sisi' gut!"

„Den Namen der Kaiserin von Österreich, der gekrönten Königin von Ungarn und ungekrönten Königin von Böhmen, den gibt man doch keinem Tier!“, regte er sich auf.

„Na, ist die denn das alles noch? Die ist doch eh nie daheim und schleicht wie eine streunende Katze in der Welt herum. Das steht ja sogar in der Zeitung, in so ausländischen Blättern, das haben Sie mir selbst erzählt.“

Tatsächlich hat er ihr einmal aus dem *Berliner Tageblatt* vorgelesen: „Die langen Abwesenheiten der Kaiserin von der Heimat sind für den Kaiser nicht erfreulich, und dieselben werden auch im Lande Österreich sehr ungern gesehen. Die Extravaganzen der unglücklichen Kaiserin, ihre immer stärker sich kundgebende Scheu vor allem öffentlichen Auftreten, ihr menschenscheues Wesen, welches dem unglücklichen Bayernkönig Ludwig so ähnlich ist, lässt befürchten, dass dies einmal zu einer Katastrophe kommen wird. Es wäre jedoch ein Irrtum, wollte man das entsetzliche Ende des Kronprinzen Rudolf als die Ursache ihres Leidens hinstellen. Nein, dasselbe hat längst bestanden, und dieses hochgradige Nervenleiden der Kaiserin greift stetig um sich.“

Alle großen europäischen Zeitungen streuten immer wieder Krankheitsgeschichten der Kaiserin, die die österreichischen Blätter natürlich energisch dementierten.

Auch kolportierte die Auslandspresse genüsslich andere Kuriositäten aus dem Leben der Kaiserin. So berichtete die englische *Times* von ihrer Teilnahme bei Fuchsjagden, ja sogar lebensgefährlichen Parforce-Rennen, und schilderte einen Besuch bei Königin Victoria.

Unter dem gewagten Titel „Die seltsame Frau" war zu lesen: „Dabei kam die Kaiserin von Österreich viel früher als verabredet zu unserer Königin, die noch beim Mittagsmahl in Balmoral Castle saß. Als man die Kaiserin sofort dazu einlud, weigerte diese sich jedoch, auch nur einen einzigen Bissen zu essen. Sie habe schon gespeist, sagte sie zum Erstaunen aller. Dann verschwand sie wieder recht bald, mit der Begründung, der Himmel sei so herrlich, sie müsse noch ausreiten. Nun stellen wir die Frage: Schmeckt der hohen Frau aus Österreich die englische Küche nicht?"

Aloys erinnert sich zu gut an die Eigenheiten der Kaiserin und ihren kreativen Umgang mit Traditionen. Manches, was er liest, macht ihn schmunzeln, anderes erzürnt ihn. Mit den Jahren sind die Artikel bitter geworden, und Aloys war froh, dass er den Wandel der „Weltschönheit zur Trauerweide", dies entstammte der Berliner Presse, nicht erleben musste. Zumindest nicht aus schmerzlicher Nähe, dafür sorgte Ihre Majestät selbst.

Nach ihrer Abreise von Innsbruck blieb die Kaiserin bis Mitte Juni 1871 in Meran. So lange gab sie vor, zu überwintern: fast acht Monate lang.

Auch im nächsten Spätherbst zog es sie wieder dorthin. Das heißt, sie passierte Innsbruck – das Tor zum Süden – und stieg dort in die Brenner-Bahn.

Aber sie wohnte nicht mehr auf Schloss Trauttmansdorff, das sie, ungeachtet seines Charmes, seiner traumhaften Lage mit Blick über das Etschtal – und trotz ihrer aufwendigen Umbauten –, als zu spartanisch empfand.

Sie überwinterte auf Schloss Rottenstein in Obermais bei ihrem Schwager Karl Ludwig. Dieser ließ an seinem Schloss eilfertig einen neuen Gebäudetrakt für die Kaiserin errichten.

Für den frisch Verwitweten eine dankbare Ablenkung: Seine Annunziata verstarb nur wenige Tage nach dem nächtlichen Besuch der Kaiserin in der Innsbrucker Hofkirche. Ihre Gebete wurden also nicht erhört.

Die Kaiserin passierte die Hauptstadt der Alpen noch einige Male, meist auf der Durchreise nach Meran. Doch fortan „verbietet sie jede noch so gut gemeinte Ovation seitens der Bevölkerung. Bei Strafandrohung!" So berichtete es der *Bote von Tirol und Vorarlberg*. Oder sie reiste gleich ganz inkognito.

Hingegen Kaiser Franz Joseph war und ist bis zum heutigen Tag häufig zu Gast in Tirol. Ob er sich im Festornat oder in kurzen Hirschlederhosen zeigt, ganz egal, die Tiroler lieben ihn, den treuen, bienenfleißigen Diener seines Staates. Ihre Gefühle sind jedoch „aufgeräumter" als jene vulkanische Leidenschaft, die manche Enthusiasten früher für seine Frau empfanden.

Eine Liebe, die den Entflammten viel Geduld, wenn nicht sogar schwärmerischen Enthusiasmus wider jegliche Vernunft abnötigte, denn sie fand bei der Dame ihres Herzens bekanntlich wenig Resonanz.

So ging auch Bürgermeister Tschurtschenthalers frommer Wunsch bisher nicht in Erfüllung, „die Kaiserin möge an der Seite des Kaisers Innsbruck und die unerschütterlich kaisertreuen Tiroler noch viele Male besuchen".

Seine Majestät, der Kaiser, tritt immer alleine auf einen der Balkone der Hofburg, die zu betreten sich seine Frau geweigert hatte. Er trampelt mit Militärstiefeln oder auch Wanderschuhen achtlos auf den teuren

Moquette-Teppichen herum, die sein für seine Frau schwärmender Bruder Karl Ludwig extra für „seine Sisi“ anfertigen ließ.

Geduldig erwähnt der Kaiser auch jedes Mal das selbstlose Wirken des Innsbrucker Verschönerungsvereins, lobt jede neue Fahne, bald schon jeden Wimpel, und beugt sich dem Protokoll des Festkomitees. Nie macht er Anstalten, es – wie seine ungestüme Gattin – spontan zu verkürzen. Und niemals würde er etwa wartende Festgäste lange im Regen stehen lassen. Und dies ohne jegliches Schuldgefühl.

„Es war schön, es hat mich sehr gefreut“, kam und kommt ständig aus seinem erlauchten Mund.

Die geforderte Prachtentfaltung und die ewig wiederholten Rituale und Festivitäten machten jedoch Aloys irgendwann müde. Gegen Ende der 80er Jahre trat er als Vorstand des Verschönerungsvereines zurück. Er war es leid, die zunehmend runzelig werdenden Knie des Kaisers in Lederhosen zu betrachten und vorab die ganze Stadt schmücken lassen zu müssen. Eigentlich galt all seine Mühe ja *ihr*. Für *sie* wollte er Innsbruck verschönern! Doch sie enttäuscht beständig durch ihr Fernbleiben.

Die Gewinnerin ihrer Gunst in Tirol ist eindeutig Meran.

Der Marktflecken am Ende des Vinschgaus wurde zum „goldenen Meran“, denn die Strahlkraft der Kaiserin machte den kleinen Kurort berühmt und lockte den Adel, ja sogar Hochadel, aus ganz Europa an: Englische Ladys, russische Prinzessinnen und deutsche Herzoginnen flanieren nun unter den Lauben, vertilgen bei der Traubenkur pfundweise blaue Vernatsch-Trauben, spazieren aufgeputzt auf dem Kaiserin-Elisabeth-Weg herum und trinken tapfer literweise Heilwasser oder säuerliche Molke. Viel mehr hat Meran nicht zu bieten, außer seinem milden Klima, das Brustkranken, überreizten Großstädtern und Schwachen aus dem kühlen Norden guttut.

Der feinen Gesellschaft folgten die Kaufmanns-, Gelehrten- und Beamtengattinnen nach. Jene mit Ehegatten im gehobenen Dienst, denn in Meran ist jetzt nur noch der Sonnenschein umsonst.

„Man geht dorthin, wo die Mode will, dass man gesunde“, lautet die Devise.

Gibt es eine bessere Werbeikone als die mysteriöse Kaiserin von Österreich? Auch wenn sie in Meran meist sehr zurückgezogen, ja einsiedlerisch lebte. Umgeben von ihrem riesigen Hofstaat, einem Staats-Apparat, der die halbe Stadt belagerte, versteht sich.

Dass die Kaiserin bald auch in Bozen, Meran, in Gries oder in Obermais für ihre Egozentrik bekannt war und es die Kurärzte mit dieser Patientin nicht leicht hatten, tut dem Ruf Merans keinen Abbruch.

Als Aloys in Innsbruck dem Kaiser beim Verwittern zusah, war er irgendwann froh, dass die Kaiserin sich fernhielt. So blieb ihr Bild in seinem Kopf intakt. Ihre Schönheit wurde zeitlos, unangetastet von den Heimtücken des Alters: Krähenfüßen, Augenringen, ergrautem Haar, vielleicht einem schleppenden Gang anstatt der vormals schwebenden Grazie.

Nach dem Selbstmord ihres Sohnes Rudolf, des Thronfolgers, im Jahr 1889 in Mayerling ist die Kaiserin sowieso nur noch auf der Flucht: Sie flieht vor einer vermeintlich feindlichen Umwelt, flieht weiter vor ihrem Mann und der „Muffburg in Wien“, so nennt sie die Hofburg immer noch.

Im Jahr nach Rudolfs Tod starb Gyula Graf Andrássy, ihr Vertrauter und Seelenfreund aus Ungarn.

Auch der Tod ihres frühen Verehrers und späteren Schwagers Karl Ludwig setze ihr noch zu, heißt es. Er starb 1896 an religiösem Wahn, sagen seine Kritiker. Er trank vergiftetes Heilwasser und fing an, Menschen aus seiner Kutsche heraus zu segnen.

Als Zeichen ihrer Entsagung von der Welt trägt die Kaiserin seit Rudolfs Tod nun nur noch Schwarz. Außer am Geburtstag des Kaisers, zur Hochzeit ihrer jüngsten Tochter Valerie oder zu hohen Festtagen, wenn man sie zuvor bekniet – dann zwingt sie sich in ein neutrales Grau.

Die Kaiserin bewegt jedoch noch ein weiteres Fluchtmotiv: Sie ist auf der Flucht vor der Frau, die sie einmal war. Ja, sie flieht vor den Blicken eines Mannes wie Aloys!

Wie soll sie mit ihren nun 61 Jahren vor den Augen eines so ewig glühenden Verehrers bestehen? Eine Frau in diesem Alter gilt als so antik wie Schliemanns Troja! Und die Kaiserin kennt die Antike genau.

Davon abgesehen sind ihre ewigen Hungerkuren, die mitunter zehnstündigen Gewaltmärsche bei Wind und Wetter, die Segeltouren am liebsten bei Sturm, das Rauchen – sie raucht nun wie ein Schlot – und natürlich die Melancholie ihres Wesens ihrer Erscheinung nicht gerade förderlich.

Nach Rudolfs Selbstmord befiel sie selbst eine Todessehnsucht, und sie bringt sich immer noch gerne absichtlich in Gefahr. Sie wünscht wohl, sie wäre tot, anstatt weiter zu altern.

Das Alter ist umso ungnädiger, je größer die Schönheit war, sagt der Tiroler Volksmund dazu.

So befiehlt sie Kapitänen, mit ihrem Schiff absichtlich in einen Sturm hineinzufahren, wobei sie sich mitunter an Deck an einen Stuhl oder sogar an den Mast binden lässt, als sei sie der tragische Odysseus.

Hingegen hat ein Mann im Alter von Aloys noch alle Chancen, dabei ist er einige Jahre älter als die Kaiserin! Eigentlich fast gleich alt wie der Kaiser. Aloys könnte durchaus seine blutjunge Haushälterin Maria heiraten. Ein Altersunterschied von über vierzig Jahren? Das gilt durchaus als schicklich, gerade bei der Bourgeoisie. Und heiraten nicht selbst einfache Bauern immer wieder neue und jüngere Frauen, weil der Tod im Kindbett immer noch viele Gebärende dahinrafft?

Und nun ist Sisi urplötzlich wieder da, streunt durch Aloys' Gedanken und in seinem Garten herum. Wenn auch in einer skurrilen Reinkarnation als Katze.

Derartige Späße bereiten Maria Genugtuung. Sie merkt durchaus, wie die Augen ihres Dienstherren flackern, wie er sich innerlich windet, wenn sie den Felltiger mit „Sisi, mein Scheißerle" herbeiruft. Sie mag eine einfache Person sein, aber sie kennt Aloys' Lindenblatt.

„Die Sisi hat sich seit Tagen nicht mehr blicken lassen. Nur in der Nacht schleicht sie herbei, um Milch zu saufen, frische Kuhmilch, Wasser verschmäht sie. Aber dass sie da war, erkenn ich daran, dass das Luder wieder eine Galle vor die Tür gelegt hat und heute sogar einen toten Maulwurf, dem sie den Kopf abgebissen hat. Herr Advokat, sehen Sie sich vor, dass Sie in den Sisi-Dreck nicht hineintreten."

In diesem nun vorletzten Jahr des alten Jahrhunderts erlebte Aloys noch ein Wiedersehen mit seinem Idol. Das 50-jährige Thronjubiläum des Kaisers wurde groß angekündigt. Dazu erschienen Bilder von ihm und der Kaiserin in den Gazetten und als werbewirksamer Wildwuchs auf Porzellantassen, Handtüchern, Seidenschals, Bierhumpen – und einmal mehr auf dicken Zigarren. Wenn man diese rauchte, küsste man nicht mehr nur die Kaiserin.

Diese Flut der Bilder verwirrte Aloys. Man erblickte darauf einen alten, schon amtsmüden Kaiser und eine strahlend junge Elfe an seiner Seite: Sisi!

Hatte ihn das Amt im Vielvölkerstaat Österreich mit seinen fast 60 Millionen Menschen so verschlissen, während seine Reise-Kaiserin den Jungbrunnen aufgespürt zu haben schien?

„Ist das Hexerei?", wollte Aloys dann von Giulio Giuliani wissen. Der hatte sich nun ganz auf das Fotografieren verlegt und eröffnete in Trient, das auch vom Sisi-Tourismus profitiert, ein Atelier.

Geschäftstüchtig, wie er ist, kann man bei ihm sogar einen hochalpinen Gipfelsturm fingieren! Wer nicht auf die Berge steigen kann oder will, den positioniert Giuliani vor einer gemalten Felskulisse. Er bietet dazu Kletterkostüme, Kletterseile, Eispickel und Steigeisen an. Dies ist ein Spaß für zahlungskräftige Kunden. Der Italiener hatte immer schon ein Gefühl für Inszenierungen, auch wenn die Kaiserin von Österreich ihn und das Festkomitee im Herbst 1871 so enttäuschte. Oder an der Nase herumführte?

Doch Giuliani rächt sich auf seine Art: Man kann sich bei ihm mit der scheuen Kaiserin fotografieren lassen! Wahlweise als Kavalier oder als Hofdame, lebensechte Kostüme inbegriffen.

Er ließ eine lebensgroße Sisi-Puppe erschaffen, vom besten Holzschnitzer aus dem Grödnertal lebensecht geschnitzt „und nach dem Leben der schönsten und tragischsten aller Frauen auf das Edelste bekleidet und koloriert". Das verspricht sein Werbeprospekt. Für noch zahlungskräftigeres Publikum gibt es „einen Spaziergang mit der erlauchten Kaiserin" auch in Farbe.

„Aloys, an der Fotografie ist nichts Hexerei, aber alles Betrug!", erklärte er diesem bei dessen Atelier-Besuch. „Die Kaiserin lässt sich seit ihrem 30. Geburtstag nicht mehr fotografieren. Auch ich war ja ein Leidtragender davon. Und auch andere Kollegen kennen ihre Tricks: Sie verhüllt ihr Gesicht mit Schleiern oder blockt die Blicke mit Fächern oder dem lederbespannten weißen Regenschirm ab, den jeder Sisi-Jäger hasst. Dabei ist sie wachsam wie ein Luchs. Der Fotograf, dem es gelänge, sie mit Runzeln und Falten zu erwischen, der würde sicher reich."

„Und von ihr verklagt!", ergänzte Aloys als Advokat.

„Sie scheint überhaupt kein Freund der Fotografie zu sein, sie hat sich ja auch so gut wie nie mit ihren Kindern fotografieren lassen", sagte Giuliani.

„Sehr ungern auch mit ihrem Mann", lachte Aloys.

„Die Fotografie bringt mir immer Unglück", lautet ihre offizielle Begründung. Aber die Frau ist einfach schlau! Heranwachsende Kinder machen eine Frau älter. Und durch ihre ewig vorgetäuschte Jugend hat sie ihren eigenen Mythos erschaffen!

„Auf Theaterbühnen habe ich gelernt, wie wichtig der Mythos ist. Er ist alles!“, erklärte Giuliani im Brustton der Überzeugung.

„Aber auch auf ihren letzten Bildern wirkt die Kaiserin fast noch wie ein junges Mädchen.“

„Die sind womöglich schon retuschiert“, überlegte Giuliani. „Da wurden erste Fältchen geglättet und so weiter.“

„Aber wir haben sie doch beide in Innsbruck gesehen, und sie war perfekt!“, rief Aloys aus.

„Madonna, Sie sind immer noch verliebt, Herr Advokat. Gut, sie war wunderschön, bei ihr hat alles zusammengepasst: die Haltung, die Statur, die ihr auf den Leib geschneiderte Mode, die aufwendige Frisur. Aber morgens beim Aufstehen hat sie keiner von uns gesehen. Und da erlebt man bei manchen Frauen ja sein blaues Wunder...“

„Doch, ich hab sie gesehen!“, unterbrach ihn Aloys.

„Beim Aufstehen? Oh, là, là! Ich habe den Herrn Advokat unterschätzt. Dabei wollte ich ihr Romeo sein.“ Giuliani fasste sich theatralisch an sein Herz.

„Ich habe sie einmal nachts und einmal frühmorgens am Fenster beobachtet. Obwohl sie sogar geraucht hat, war sie frisch wie der junge Morgen. Ich habe das nie erzählt, ich wollte sie nicht entehren. Die am meisten bewunderte Frau Europas raucht wie eine verruchte Zigeunerin. Ich hatte Angst, dass das die Runde macht und sie dann Innsbruck fernbleibt.“

„Würde ich jetzt noch malen, wäre dies mein Motiv: diese Traumfrau, nur mit einem Trägerhemdchen bekleidet und einer dicken Havanna-Zigarre zwischen ihren Lippen. Da würden Männerträume wahr."

„Und Albträume! Ganz davon abgesehen raucht sie Zigaretten. Filterlose", stöhnte Aloys.

„Aber es gibt ja die Freiheit der Kunst. Schade, dass Storch das Thronjubiläum des Kaisers nicht mehr erlebt. Da könnte er es nochmals mit seiner Serenade versuchen. Seine Sisi-Oper hat er nie komponiert." Giuliani verdrehte die Augen.

„Ihm wird seine tragische Rolle in Innsbruck gereicht haben. Er hat ja auch ‚Grün' nie mehr gespielt, da war er stur. Ich habe ihn ein Jahr vor seinem Tod in Wien getroffen. Zumindest hat er mir eine Abschrift der Serenade geschenkt", sagte Aloys. „Das einzige Stück, das ich für die Kaiserin noch komponieren würde, wäre ihr Requiem. Ha! Da müsste sie zuhören. Aber nun bin ich ein alter, kranker Mann, und Madame reist um die Welt. Die Wiener vermissen sie nicht. Manche der jungen Leute halten sie schon für arg aus der Mode gefallen. Das war das Ende meiner letzten Unterredung mit Storch", berichtete Aloys.

„Ich sage Ihnen: Lösen Sie sich von dieser Frau, Advokat! Jetzt kommen wir nach Jahren wieder zusammen. Und über was reden wir? Sisi! Haben Sie keine neue Liebe?"

„Nun, ich habe eine hübsche Haushälterin", verriet Aloys. „Aber sie geht mir auf die Nerven."

„Das tun schöne Frauen doch immer", säuselte Giuliani. „Man muss sie eifersüchtig machen, um sie zu beherrschen."

„Und wie macht das ein alter Esel wie ich?"

„Ich hätte eine Lösung! Herr Advokat, Sie wollten doch immer der Kavalier der schönen Kaiserin sein?

Auf Wunsch auch in Farbe. Aus alter Freundschaft mache ich Ihnen einen Sonderpreis!“

Daheim in Innsbruck setzt Maria neue Nadelstiche gegen Sisi. Manchmal fragt Aloys sich, ob sie tatsächlich heimlich in ihn verliebt ist und deshalb eifersüchtig? Weiß sie doch nur zu gut, was die Kaiserin ihm bedeutet. Dann hat Giuliani ja Recht gehabt?

Heute, in der guten Stube beim Kaffee, trägt sie Mohngugelhupf auf. Er ist außen angebrannt und innen fast roh. Das ist schon ein kleines Kunststück, denn Mohn ist eigentlich von der Konsistenz eher gutmütig.

„Herr Advokat, ich wünsche mir eine Schildkröte zum Geburtstag.“

„Was? Eine Schildkröte? Maria, ich kauf dir lieber ein neues Paar Schuhe.“

„Schildkröten sind herzig, und ich nenne sie dann Franz Joseph.“

„Dummes Kind, du nennst so ein hässliches Tier wie unseren Kaiser? Schildkröten sehen älter aus als Methusalem.“

„Gerade deshalb, unser Kaiser ist doch schon uralt. Als er angefangen hat mit dem Regieren, da waren meine Eltern noch gar nicht geboren.“

Aloys verschweigt, dass er fast so alt ist wie der Kaiser, und kaut lustlos auf dem angebrannten Kuchen herum.

„Und dann können eine Schildkröte und eine Katze wirklich gar nichts miteinander anfangen.“

„Mädchen, wie meinst du das?“

„Na, so wie der Kaiser mit dieser närrischen Sisi“, kichert Maria.

Das ist ihr Dienstmädchenhumor! Doch Aloys ist es jetzt leid.

„Jetzt sage ich dir eines: Ich mag das ewige Sisi-Getue in meinem Haus nicht mehr hören, und statt einem neuen Paar Schuhe schenk ich dir ein Koch- und Backbuch! Das braucht's jetzt!"

Während Maria beleidigt aus dem Wohnzimmer stürmt, Aloys sich verärgert heißen Kaffee auf seine Hosen gießt und vor Schmerzen aufheult, passiert andernorts ein viel größeres Malheur.

An der Uferpromenade von Genf sticht ein Mann einer Frau ins Herz. Nicht mit einem Dolch wie ein gedungener Mörder, er tut es mit einer angespitzten Feile. Der Mann ist kein Profi im Morden, er ist ein schäbiger Amateur, ein italienischer Anarchist. Die Kaiserin von Österreich ist für ihn ein Zufallsopfer. Sie wollte um 1 Uhr 40 mit einem Linienschiff nach Montreux übersetzen. Sie fährt gerne über den Genfer See, denn er erscheint ihr fast so blau wie das geliebte Meer.

Vor seiner Tat hat dieser Luigi Luccheni sich in einem Anatomiebuch vergewissert, wie er den Stich ausführen soll: links zustechen und die Spitze von oben nach unten in den Brustkorb rammen.

Ein in den *Bozener Nachrichten* am 12. September abgedrucktes Telegramm aus Genf schildert die letzten Minuten der „mater dolorosa auf dem Fürstenthrone" nach dem Bericht ihrer Hofdame, der Gräfin Irma Sztáray: „Als die Kaiserin zu Boden sank, fing ich sie auf und richtete die Frage an sie: Ist Majestät nicht wohl? Die Kaiserin erwiderte: Ich weiß es nicht. Auf die weitere Frage, ob sie Schmerzen fühle, entgegnete die Kaiserin: Ich weiß es nicht zu sagen, aber ich glaube auf der Brust etwas Schmerzhaftes zu fühlen. Später auf dem Dampfer fragte die Kaiserin: Bin ich sehr blass? – Im selbigen Augenblick sank die Kaiserin zu Boden und verlor das Bewusstsein. Als man ihr dann die Kleider löste, erwachte die Kaiserin wieder und fragte: Was ist eigentlich geschehen? – Das waren ihre letzten Worte. Die Kaiserin starb, ohne zu wissen, dass sie Opfer eines Verbrechens geworden. Ermordet von einem Revolutionär. Und ist es nicht verrückt? Am Tag zuvor hatte die Kaiserin beim Tee mit Baronin Rothschild noch geäußert: Ich wollte, meine Seele entflöge zum Himmel durch eine ganz kleine Öffnung des Herzens."

Ein noch abgedruckter erster Polizeibericht aus Genf besagt: „Die gestern nach erfolgter Einwilligung des Kaisers Franz Joseph vorgenommene Untersuchung der Leiche der Kaiserin ergab, dass die Mordwaffe acht und einhalb Zentimeter eingedrungen war und das Herz ganz durchbohrte, so dass die Spitze des Instruments heraustrat. Andererseits aber scheint es rätselhaft, dass die Kaiserin noch den Weg zum Dampfer zurücklegen konnte."

Aloys schiebt die Zeitung ruckartig von sich weg, als ob das Papier vergiftet sei. Ohne zu zahlen, stürmt er aus dem Café Central und eilt zur Hofburg, eilt vor das „Fenster seiner Hoffnung“, wo er die Kaiserin das letzte Mal sah. Rauchend.

Was die Zeitung schreibt, ist doch völlig unmöglich! Wer sollte dieser Frau etwas antun? Gleich wird sie wieder an diesem Fenster erscheinen, ihren Kopf an dessen Rahmen lehnen, sich eine Zigarette anzünden und rauchen. Genussvoll rauchen.

Er wartet. Dann fällt Aloys ein, dass er die Kaiserin vor 27 Jahren das letzte Mal hier gesehen hat. Er bemerkt auch, dass die Hofburg schwarz beflaggt ist und immer mehr Menschen auf den Platz davor und auf den Rennweg strömen. Viele davon weinen.

Später schleicht er wie ein geprügelter Hund ins Central zurück und liest mit zitternden Händen den nächsten Bericht aus Bozen: „Gestern fanden hier antiitalienische Demonstrationen statt, verbunden mit ernsten Ausschreitungen. Eine tausendköpfige Volksmenge trieb etwa 100 italienische Arbeiter vor sich her und verjagte sie aus den Straßen der Stadt. Auch aus den Gasthäusern wurden Italiener hinausgeworfen, sogar geprügelt. Der Landesbauverein entließ sämtliche italienischen Arbeiter.“

In der *Zürcher Zeitung* erfährt er, „dass der Mörder der Kaiserin als Mordwerkzeug eine Schusterahle benutzte, die er vorne messerspitz anfeilte. Nach der Verhaftung durch zwei Bootsmänner, die ihm nach dem Attentat nachgeeilt waren, sang er fröhlich und sagte: Ich hab sicherlich gut getroffen, ich muss wohl getötet haben!

Auf der Wachstube der Polizei gab er später an, dass er im 25. Lebensjahr stehe, ein brotloser Anarchist ist und gegen die Reichen sei. Er sei nach Genf gekommen, um irgendeine hochgestellte Person umzubringen. Er habe dabei an den Herzog von Orleans gedacht. Dieser sei aber früher abgereist. Ganz zufällig habe er gehört, dass die Kaiserin von Österreich Genf passieren würde. Er habe sie beobachtet und alles ging so leicht, da sie nur von einer Dame begleitet wurde."

Das ist für Aloys schwer zu ertragen. Auch begreift er, dass die Freiheitsliebe der Kaiserin ihr Todesurteil war, da sie Sicherheitskräfte und jegliche Bewachung schon immer verabscheute.

„Ich will mein Leben frei wie eine Möwe leben, die keinen Heimathafen kennt. Und sterben will ich auf dem Wasser oder in einem Zirkus." Erstaunlich genug, dass sie ihm dies schon als elfjähriges Mädchen erzählt hat!

Die Bewachung bei ihren späteren Besuchen in Innsbruck erzeugte bei ihr das größte Missfallen. Vielleicht reiste sie auch deshalb immer so schnell wieder ab, weil die treuen Tiroler sie so gut bewachten mit ihren Kaiserjägern und Schützen?

Aber das kann doch nicht alles gewesen sein? Aloys ist mit dieser Frau noch nicht fertig, obwohl er sie so lange nicht mehr gesehen hat. Außer in seinen Träumen.

Als er dem *Boten von Tirol und Vorarlberg* entnimmt, dass der Leichnam der Kaiserin von Genf über Innsbruck nach Wien gebracht werden wird, ist für ihn alles klar.

Im Laufschritte eilt er zum Bahnhof, will den Bahnhofsvorsteher sprechen. Er kennt ihn gut, noch vom Verschönerungsverein und dem Festkomitee. Es ist Kari, der Sohn von Odilo aus Galizien.

„Herr Advokat, ich kann diesen Zug unmöglich anhalten. Es ist ein Sonderzug.“

„Dann setz alle Hebel in Bewegung. Deine Kontakte. Wenn du es tust, werde ich dich reich belohnen. Auch viele Innsbrucker werden es dir vergelten, denn diese Stadt hat etwas nachzuholen.“

„Und das wäre?“

„Innsbruck wollte immer die Kaiserin feiern und sie seine Verehrung spüren lassen, aber sie hat sich dagegen gewehrt.“

„Ach, diese alten Geschichten. Mein Vater hat sie mir erzählt. Immer mit Wehmut, aber auch mit Groll, weil die Kaiserin seine Bergfeuer nicht anschauen wollte.“

„Na, dann hat dein Vater auch eine Rechnung offen mit dieser Frau. Kari, als sein einziger Sohn, auf den er so stolz ist: Du kannst all unsere Rechnungen begleichen!“

Am 13. September 1898 kündigt der *Bote für Tirol und Vorarlberg* an: „Der Separatzug mit der Leiche Ihrer Majestät, der Kaiserin und Königin, wird am 15. September österreichisches Gebiet via Buchs–Salzburg passieren und wird um 7 Uhr 22 Minuten in der Früh in Innsbruck ankommen und um 7 Uhr 32 Minuten weiterfahren.

Die Ankunft in Wien erfolgt am 15. September abends. Während der Tagesstunden haben auf den Stationen auf der Durchfahrt alle Behörden in Gala anwesend zu sein. Auf der ganzen Strecke ist Glockengeläut angeordnet."

Und so kommt es, dass Innsbruck an diesem Donnerstag, jenem 15. September 1898, schon im Morgengrauen vor Unruhe vibriert, es gibt Gerenne und Gedränge zum Bahnhof. Auch aus den Vororten kommen Menschen, und sogar vom Land strömen sie herein. Viele sind schon am Vortag angekommen und haben im Freien kampiert. Dabei war es eine kühle Nacht, und der Himmel liegt schwer und grau über dem Inntal. Trauerwetter.

Ja, die Anteilnahme der Tiroler scheint grenzenlos. Und dies, obwohl die Kaiserin ihnen nie mehr die Ehre eines Besuches schenkte. Eine 27-jährige Abwesenheit ist eine lange Zeitspanne, um Wunden zu schlagen. Schließlich war sie die Landesmutter ...

Aloys fällt ein Satz ein, den die Kaiserin bei ihrem kuriosen Besuch im März 1871 in der nächtlichen Hofburg äußerte: „Vielleicht beflügelt es ja die Berühmtheit, sich im Ausland ermorden zu lassen?" Er war spöttisch, wie sie überhaupt einen Hang zu englischem Humor hatte, was Aloys aber ausnehmend gut gefiel.

Welche Frau ist schon so subtil humorvoll? Etwa seine Maria? Die Ironie der Kaiserin galt damals Andreas Hofer, der ja in Norditalien, fern seiner Heimat, erschossen worden war.

Nun überstrahlt diese tragische Ironie Sisis eigenes Schicksal. Strömen auch deshalb die Menschen so zahlreich herbei? Berichtet deshalb die Auslandspresse jetzt so herzergreifend, die sie zuvor als „seltsame Frau“ ins Zwielicht gestellt hat?

Die Stimmung am Bahnhof ist für Aloys schwer zu ertragen. Niedergeschlagen und doch erfüllt von einer Art nervöser Vorfreude drängt sich das Publikum.

Vorfreude darauf, eine Tote zu grüßen?

Alle Bahnhofslaternen brennen, sind jedoch mit schwarzem Flor verhängt, das schafft eine düstere Atmosphäre.

Um 7 Uhr 19 fährt der Zug zunächst durch die Station Wilten. Langsam und fast lautlos nähert er sich dem Bahnhofsgebäude. Dieses ist abgesperrt für das allgemeine Publikum, denn all die Massen, die der Toten die letzte Ehre erweisen wollen, kann es unmöglich aufnehmen. Ja, alle wollen sie Abschied nehmen und noch einmal ihrer Kaiserin nahe sein. Und sei es nur, um das metallene Gehäuse anzustarren, das ihre sterbliche Hülle umschließt.

„Die Leiche ruht im Hof-Salonleichenwagen, es ist der einzige in Österreich, er gehört der Eisenbahnwaggonleihgesellschaft. Er wiegt 9000 Kilogramm, hat vier Meter Radweite und drei Sitzplätze. Der ganze Sonderzug umfasst sechs Wagen“, flüstert Kari, der Bahnhofsvorsteher, nun Aloys zu. Auch er steht in Uniform bei den Ehrengästen, und auf der anderen Seite der Gleise hat er alle Bediensteten antreten lassen.

Äußerlich unterschiedet sich der Hof-Salonleichenwagen von den Personenwaggons durch das ihn umgebende Eisengitter. Er ist schwarz und grün lackiert und hat große, elegante Spiegelfenster.

„Der Innenraum ist ganz mit schwarzgrünem Tuch ausgeschlagen. Die Vorhänge und der Teppich mit grauen Doppeladlern sind auch dunkel gehalten. In dessen Mitte steht das hölzerne, mit schwarzem Teppich bespannte Podium für den Sarg", flüstert Kari noch.

Das Wort „Sarg" treibt Aloys Tränen in die Augen. Wie kann seine Sisi, die als unbekümmerte Elfjährige nach Innsbruck kam und sein Herz im Sturm eroberte, sich nun in einem verdammten Salonleichenwagen aus seinem Leben hinausstehlen? Ist dies der Lohn für sein ewiges Warten, seine unerfüllten Träume? Diese monströse Metallkiste auf Schienen trägt das Wunderwesen fort von ihm. Für immer.

In ganz Innsbruck läuten die Glocken. Das tiefe Wummern der nahegelegenen Basilika zu Wilten schallt naturgemäß besonders laut.

Im Bahnhof drängen sich die geladenen Gäste, alle sind sie in Trauerkleidung oder in Galauniform. Es sind anwesend: der Statthalter, der Landeshauptmann, Graf Brandis, mit dem Landesausschuss, Bürgermeister Greil mit seinem Stellvertreter, die Tiroler Aristokratie, dazu die Spitzen der Behörden, des Klerus und der Handelskammer sowie die gesamte Generalität und das Offizierskorps. Dazu gesellt sich eine Ehrenkompanie des ersten Regiments der Kaiserjäger.

Als der Zug um Punkt 7 Uhr 22 in den Bahnhof einfährt, salutieren die Herren in Uniform und die in Zivil entblößen ihr Haupt. Viele der feinen Damen bedecken ihre Gesichter vor Rührung mit Taschentüchern.

Nun bleiben ihnen allen noch zehn Minuten. Länger kann und darf diese letzte skurrile Audienz der toten Kaiserin nicht dauern.

Trotz des kurzen Aufenthaltes verlassen der Obersthofmeister der Kaiserin, Graf Bellegarde, und andere hohe Hofbeamte, die die Leiche nach Wien begleiten, den Zug. Unter den Aussteigenden ist auch eine alte Dame, die sofort erkannt wird.

Sepp, der jetzt an einem Stock geht, winkt ihr mit selbigem, und sie eilt auf ihn zu.

Wegen des Glockenlärms erfordert die Unterhaltung Schreien, und da man intim bleiben möchte, brüllt man sich ins Ohr.

„Pauline! Lange nicht gesehen, gleich erkannt. Wir Nachtwächter vergessen kein Gesicht."

„Sepp, du Depp, bist doch längst kein Nachtwächter mehr. Und wieso quälst du dich hierher? Du und die Verstorbene, ihr wart ja nicht so eng!"

„Ich hab gehofft, dass ich dich seh, Täubchen." Sepp versucht romantisch zu klingen, obwohl er gegen die Glocken anschreit.

„Jünger bist du nicht geworden, aber das macht nichts, weil du schon immer hässlich warst", brüllt sie.

Im Hintergrund dieser seltsamen Unterhaltung werden Blumen und Kränze niedergelegt. So viele, dass sie hastig zu Haufen aufgeschichtet werden und die halbdunkle Bahnhofshalle mit einem intensiven Duft erfüllen.

Nur gut, dass die Eisenbahngesellschaft sich auch einen Kranzwagen ausgedacht hat. So können die Blumengrüße die Kaiserin bis nach Wien begleiten, wo sie in der Kapuzinergruft beigesetzt werden wird. Neben ihrem Sohn Rudolf wird sie ruhen. Der Kaiser hat schon alles geregelt, er ist und bleibt Beamter, auch wenn er diese Frau sehr geliebt haben soll, wie die Presse berichtet.

Ein Kranz ragt an Größe heraus. Er ist vom Adeligen Damenstift, wo die junge Sisi ihre ersten Nächte in Tirol erlebte – und ihre erste Flucht. Den Kranz, er ist aus Palmen und Lorbeer gewunden und goldene Bänder sind darin eingewirkt, ziert eine Florschleife mit der Widmung: „Der ersten Schutzfrau des dankbaren Damenstifts von Innsbruck".

Verwunderung, wenn nicht gar Entsetzen erzeugt die Blumengabe von Advokat Oberrauch. Er legt eine einzige und zudem noch vertrocknete Rose auf den riesigen Pflanzenberg innerhalb des Kranzwagens. Oder ist sein mageres Blümchen etwa aus Papier – also sogar nicht einmal echt?

Es ist die weiße Rose, die er der jungen Sisi im Revolutionssommer 1848 schenkte. Aber wie soll er dies all den gaffenden Menschen erklären?

Nun, diese Nichtigkeit scheint eine persönliche Gabe zu sein, denken manche. Schaut nur, Oberrauch verneigt sich tief, und er wirkt ganz gebrochen. Seinen Platz, den jetzt andere Blumenspender einnehmen möchten, will er nicht räumen. Nein, er weicht nicht, verharrt wie gelähmt.

Ein anderer alter Mann drängt sich zu ihm vor, hakt ihn unter und führt ihn weg. Es ist Odilo, dieser Marketender aus Galizien.

Nun, eigentlich ist der Galizier nicht fein genug, um bei den geladenen Trauergästen im Bahnhof zu verweilen, aber sein Sohn ist nun einmal der Bahnhofsvorsteher. Da soll noch einer sagen, man könne als Ausländer in Tirol keine Karriere machen.

„Herr Advokat, fassen Sie sich", redet Odilo auf Aloys ein.

„Sie kam als hoffnungsfrohes Kind nach Innsbruck. Dann wurde sie zu meiner Loreley, an der ich zerschellt bin. Zerschellt wie ein Schiff ohne Lotsen. Zerschellt wie ein Idiot bei Heinrich Heine. Und nun liegt sie da", jammert dieser herzzerreißend.

Jetzt wird es Odilo zu rührselig. Und was redet der Mann da überhaupt?

„Himmelherrgott, wir beide wissen auch, wie sie als Kaiserin in Tirol war: Sie hat sich uns nicht gezeigt – oder nur widerwillig. Jetzt ist sie eine schöne Leich, und noch dazu eine brave!"

Wer dies hört, ist entweder entrüstet oder muss ungewollt schmunzeln. Selbst die Miene von Advokat Oberrauch hellt auf. Ja, jetzt lächelt er sogar. Dies entrüstet nun wieder einige Gaffer. Was denken sich diese alten Kerle überhaupt? Sein wann gibt es bei einem Trauerfall von so erschütterndem Ausmaß etwas zu lachen?

Verwunderung entsteht auch, als die alte Dame, die vorhin dem Leichenzug entstiegen ist, diesen nicht mehr besteigt, bevor er um 7 Uhr 32 abfährt.

„Wollen Sie die Kaiserin nicht begleiten? Das ist doch Ihre Pflicht!“, fragt jemand.

„Sie braucht mich jetzt nicht mehr, sie fährt nach Hause. Und ich weiß jetzt wieder, wo mein Zuhause ist“, sagt sie. Dann umarmt sie den alten Kerl mit dem Stock. Unerhört, so ein Trauerereignis ist doch kein Rendezvous.

„Sepp, deinen Speckbacher bekommst du nimmer, jetzt bekommst du halt mich“, sagt sie – und scheint diesen damit heillos zu erstaunen.

Schierer Unmut herrscht derweil im Hause von Advokat Oberrauch. Seine Haushälterin Maria stopft ihre Habseligkeiten hastig in einen Koffer. Sie möchte verschwunden sein, wenn dieser nach Hause kommt.

Das Foto, das ihn fast schon intim mit der Kaiserin zeigt, hat sie in der Mitte zerrissen. Hat sie doch immer schon geahnt, dass ihr Dienstherr etwas mit der hatte. So ein schamloser Heuchler! Er weiß immer alles besser und tut so, als sei er eine Stütze der Gesellschaft. Dabei ist er so ein g’schissner Wiener. Komisch nur, dass sie diesen Bildbeweis jetzt erst findet, wo sie seine Sachen doch immer wieder durchsucht.

Was würde der alte Kaiser, der jetzt Kummer genug hat, sagen, wenn er von dieser Sache mit Oberrauch wüsste?

Die Katze wird sie mitnehmen. Ihre Sisi wird sie diesem alten Lüstling nicht lassen.

Jeannine Meighörner
Die Wolkenbraut
Das Leben der Philippine Welser. Ein historischer Roman
216 Seiten, € 12.95
HAYMON taschenbuch 139
ISBN 978-3-85218-939-0

Die Begegnung zweier außergewöhnlicher Menschen: Philippine Welser, die Augsburger Kaufmannstochter, die Ferdinand II. gegen den Willen seines Vaters heimlich zu seiner Frau nahm, und Thomele, den berühmtesten Hofzwerg seiner Zeit, verbindet eine ganz besondere Freundschaft. Jeannine Meighörner erzählt die Geschichte der Bürgerlichen an der Seite des Landesfürsten – einer starken Frau, die als Außenseiterin eigenständig und mutig ihren Weg ging, an ihrer geheimen Liebe festhielt und dabei nicht nur Schloss Ambras zum Leben erweckte.

Jeannine Meighörner
Speranza
Eine Liebe im Schatten des Unglücks von Longarone. Roman
240 Seiten, € 12.95
HAYMON taschenbuch 141
ISBN 978-3-85218-941-3

Am 9. Oktober 1963 machte eine 140 Meter hohe Flutwelle das oberitalienische Städtchen Longarone dem Erdboden gleich. Sie riss Familien, Zukunftspläne und Träume mit sich – auch jene der blutjungen Clara und ihres Mannes Riccardo.

Speranza – ein Hoffnungsschimmer nach der Katastrophe: Einfühlsam, bewegend und authentisch erzählt Jeannine Meighörner die wahre Geschichte eines Paares, das die Zuversicht auch im Angesicht der Katastrophe nicht verliert und sich eine neue Existenz aufbaut – voller Hoffnung auf eine bessere Zukunft, aber ohne den Schatten des Unglücks jemals ganz abwerfen zu können.